Sonya
ソーニャ文庫

王太子は聖女に狂う

月城うさぎ

JN252753

イースト・プレス

contents

I. プロローグ

夜明け前の山を、松明《たいまつ》を持った男たちが静かに歩いている。列の先頭には、白装束《しろしょうぞく》に身を包んだ一人の女がおり、その後ろに美丈夫《びじょうふ》が続く。

女の両手首は麻縄《あさなわ》で後ろに一括りにされており、足場の悪い山道ではさぞや歩きにくいだろう。転倒を防ぐためか、逃がさないためか、すぐ後ろを歩く男はそんな彼女の身体をしっかりと支えていた。

女が纏《まと》う白装束は罪人の証《あかし》でもあり、花嫁衣裳にも見えた。煌《きら》びやかとは言いがたいが、仕立てのいいその衣は、清廉《せいれん》な匂いを漂わせる。丸一日も歩き続けているのだから裾《すそ》は薄《うす》汚《よご》れ、疲労も蓄積《ちくせき》されているだろうに。物静かで庇護欲を誘う女を包む空気は、不思議と澄んだままだった。

まだ少女とも呼べる幼さを残す彼女は、やや俯《うつむ》き加減で隣の男と共に歩む。目指すは山を越えた先に見える岬《みさき》だ。

岬の下は潮《しお》の流れが速い荒れ狂う海。断崖絶壁《だんがいぜっぺき》の目的地を目指す一同は重苦しい空気の中、一言も言葉をかわさない。

空が白み、先頭を歩く少女は朝焼けに目を細める。早朝ながら生温く乾《かわ》いた風が吹き、男たちの不安は高まった。

……ああ、また日照りが続く。一刻も早く、生贄《いけにえ》を捧げなくては――。

少女のすぐ後ろを歩いていた男は目的地に到着すると、背後の男たちに待機《たいき》を命じた。

岬の先端、断崖絶壁の上で、男は少女の手首の縄を確認した。

儚《はかな》げに微笑む少女に、男は静かに微笑み返した。蜜《みつ》のように甘く、残酷な声が、少女の鼓膜《こまく》を震わせる。

『――お前が一番大切だから、私はお前を選んだのだよ』

愛しているから殺す。他の妻よりも、誰よりも。すべてを欲し、心の底から己の情を注ぐのはお前だけ。

生きたまま贄に捧げられた女は、魂までもが神に食われ転生できないと言われている。それを知りつつも生贄に選んだと告げる男から狂気を感じ、覚悟を決めた少女の表情に微かな翳《かげ》りが生まれる。

『お前の身体も心も、すべて私だけのものにしたかった。だから覚えておきなさい。お前を殺すのは、この世で一番お前を愛している私だ。憎悪、嘆《なげ》き、苦しみを与えるのも、愛を囁《ささや》くのも。その無垢《むく》な心に最後まで存在するのも、その瞳に映るのも、私だけ――』

睦言《むつごと》のように甘く囁かれながら、少女の心臓に短刀が刺さった。じわりと白無垢の花嫁衣裳に血が滲《にじ》む。

その血が広がる前に、少女は男の手によって崖下へと突き落とされた。生きたまま神の供物《くもつ》とされるはずだったのに――。

驚きと困惑を抱いたまま、目を逸《そ》らすことなく少女は静かに落ちていく。

男の言葉通り、最後まで少女の心に残っていたのは、自分を殺す最愛の男の姿だった。

Ⅱ. 予期せぬ再会

ユピテル大陸の東に位置するアイゼンベルグ王国は、大陸でも一、二を争う国土の広い大国だ。温暖な気候は過ごしやすく、豊かな土地には実りが多い。近隣諸国との貿易も盛んに行われ、国庫は常に安定している。

豊かさを妬《ねた》まれ、他国に攻め入られることはここ二百年ほどない。なぜなら近隣諸国とは比べものにならない国力を誇《ほこ》る大国に、戦争をしかける国は存在しないからだ。それよりも友好国として同盟を結び、援助を受けられる立場にいた方が断然得である。

大陸随一の豊穣《ほうじょう》に恵まれたアイゼンベルグの始まりは、千年前まで遡《さかのぼ》る。

長き戦の末、人の血で穢《けが》れた土地には、作物がほとんど実らなかった。安寧の地を求めて戦いに明け暮れた民は、畑を耕《たがや》しても収穫が得られない土地に絶望した。身体は疲弊《ひへい》し、飢《う》え死ぬ者が続出した。

建国の王は己を犠牲にする覚悟で、豊穣の神に祈りを捧げ続けた。

僅かな穀物と、果実。そして唯一咲いていた菫《すみれ》の花。

三日三晩の祈りの末、憐れに思った豊穣の女神、デメティアが地上に姿を現す。

大輪の花ではない、野に咲く可憐《かれん》な菫の花。女神はそれをひとつ手に取り、咀嚼《そしゃく》した。

美しい菫色の瞳を輝かせ、大地にそっと花の匂いが香る息吹《いぶき》をかける。

女神の吐息は国中に浸透し、穢れを浴びた地は瞬く間に浄化された。

飢餓《きが》に襲われていた土地は一変して豊穣の地となり、女神はその後も建国の王を陰ながら支え続けた。人の地に降り立った女神は国民から聖女として愛され、また菫の花はアイゼンベルグの国花となった。

建国から千年経過した今も、国民は豊穣をもたらした女神を崇《あが》め続けている。

◆
◇
◆

「……エジェリーお嬢様、また本の虫になるおつもりですか？」

呆れ声が響き、その部屋の主である少女は、はっと後ろを振り向いた。

「リーシャ、いつから部屋にいたの？」

「少し前からです。何度か扉の前から声をかけたのですが、一向にお返事がなかったもので」

ベルガス伯爵家の末娘に仕える侍女のリーシャは、ピンとした姿勢のまま淡々と言葉を紡《つむ》いだ。そして彼女に視線を向けられているのは、長椅子でのんびりとくつろぎながら読書を楽しむ伯爵家の第三子、エジェリー・ベルガスだ。

先日十六歳を迎えたエジェリーだが、頬《ほほ》はまだ丸みを帯びていてやや幼さが残る。淡い金色の髪は緩《ゆる》やかに波打ち、日焼けを知らない白い肌によく映《は》えている。透き通った菫色の瞳は、この国では特別な色だ。

けれど、パッチリしたアーモンド状の目の下には、今はくっきりと隈が浮かんでいた。夜更《よふ》かしをして睡眠不足であることは明らかだった。

エジェリーの周囲には積み上げられた本の山がいくつもできている。彼女は時間が許す限り、気づけば一日を読書で終わらせるほど本を好んでいた。そして集中すると時間を忘れて没頭《ぼっとう》してしまうのが彼女の悪い癖《くせ》だった。

「そろそろお茶の時間かしら？」

いつもならエジェリーを本から引き離すために、庭でのお茶会を提案される頃合いなのだが、今日のリーシャは少し様子が違うようだ。

「……本日のお茶菓子は季節の果物とフランの盛り合わせに、無花果《いちじく》のパイです。中庭で奥様と旦那様がお待ちですので、急いでお支度を」

「え？　珍しいわね、お母様はともかくお父様まで参加されるなんて。なにかあったのかしら？」

首を傾《かし》げたエジェリーはリーシャに髪を整えられた後、訝《いぶか》しみながらも両親が先に待っているであろう中庭へ赴《おもむ》いた。


……人生とは、ときに思いがけない方向へ転がるものである。

両親のみならず、普段は仕事で不在にしていることが多い兄まで同席していた茶会の席で、夢にも思わない話を聞かされれば、現実逃避もしたくなる。

「お父様、よく聞こえませんでしたわ。今なんておっしゃったの？」

聞き間違いかと思い訊き返すエジェリーに、父であるベルガス伯爵は飲みかけのカップをソーサーに戻して、満面の笑みを向けた。

「次代の聖女がお前に決まったと言ったのだよ。おめでとう、エジェリー。もしかしたらと思っていたが、まさか本当に選ばれるとは。実に喜ばしい」

涙ぐんで喜ぶ両親と兄に祝福されるが、エジェリーは困惑顔で口を開く。

「でも、お父様。何故私が？　いえ、可能性としてもちろんあるのはわかっていますけど。でも菫色の瞳を持つ年頃の女性は、私以外にもたくさんいるはずよ？　男爵家のアンジェラ様や子爵家のサラ様とか」

聖女に選ばれるのはこの国の少女にとっての憧《あこが》れであり、選ばれればその家も名誉となる。

豊穣の女神信仰が脈々と受け継がれるこの国では、年頃の少女の中から聖女に相応《ふさわ》しい者を選抜し、国の象徴を務めさせてきた。

聖女の条件は、女神デメティアと同じ希少な菫色の瞳を持つ十三歳から十七歳の乙女。任期は少女が十八歳の成人を迎えるまで。現在の聖女が任期を終える前に次代の聖女が正式に選ばれる。

菫は女神が好んだ花。その色を瞳に宿す少女は、女神の末裔《まつえい》と呼ばれる王族の次に、女神の祝福を受けていると信じられている。よって一年の実りを祈願《きがん》する春の豊穣祭では、聖女は女神に扮《ふん》し、国民に祝福を与える役目を担うのだ。

菫色の瞳を持つエジェリーももちろん聖女になれる条件を満たしているが、美しさや教養面で競うなら、先ほど告げた男爵家と子爵家の令嬢が有力候補と思われていた。

気まずげに視線を彷徨《さまよ》わせた伯爵は、不自然な咳払《せきばら》いをした。言いにくそうに口ごもり、「恋人がおるのだ」と一言呟《つぶや》いた。

「……恋人が……」

濁《にご》しているが、つまり二人は純潔の乙女ではないらしい。父の言葉を正しく理解したエジェリーは、なんとも言えない複雑な気持ちになる。

貴族の令嬢は表向き、純潔を守ることをよしとされているが、最近では自由な気風の隣国の影響もあって、昔に比べると寛容《かんよう》になってきている。王族に嫁ぐ可能性の低い下級貴族の令嬢は、自由恋愛を謳歌《おうか》する傾向が強い。

恋に憧れがないわけではないが、恋愛よりも本を通して知らない世界を垣間《かいま》見ることに夢中なエジェリーは、現実世界での出会いに積極的ではない。そういう意味では彼女は実に貴族令嬢の模範《もはん》と言えた。

「つまり私は、消去法で選ばれたということね……」

乾いた笑いを零す娘に、母である伯爵夫人が窘《たしな》める。

「なにを言うの、エジェリー。消去法でもなんでも、選ばれたのは幸運よ？　残り娘に女神が笑うという言葉だってあるのですから」

励《はげ》まされているのだろうが、どこかずれている。

既に嫁いだ姉がここにいたら、もう少し的確にエジェリーの気持ちを汲《く》んでくれたのだろうが、生憎《あいにく》この場にはおっとりした兄のローラントしかいない。

「二年間神殿暮らしになるのは寂しいけれど、聖女の経験は今後の人生できっとお前の役に立つ。豊穣祭でのデメティア、がんばってね。楽しみにしてるよ」

髪色は同じ淡い金だが、翡翠《ひすい》色の瞳を持つ兄に応援され、エジェリーはぎこちなく頷《うなず》いた。

（名誉なこととはいえ、いきなりそんな大役を引き受けるのも、慣れ親しんだ土地を離れて一人で王都に住むのも不安しかないわ……）

エジェリーは好奇心は強い方だが、社交的でもなく積極性があるというわけでもない。それに華やかな地位に興味もなければ、話題の中心になることも望んでいないのだ。人目を引くほどの美貌もない彼女は、大勢の人間に見られることに慣れていなくて萎縮《いしゅく》してしまう。

しかしいくらここで拒絶したとしても、これは決定事項。国王から正式な文が届けば、勅令《ちょくれい》も同じだ。駄々《だだ》をこねるだけ無駄である。

「十日後、国王陛下に謁見《えっけん》することになった。そこで直々《じきじき》に任命されることになるから、そのつもりでいるように」

「まぁ大変、ドレスはどうしましょう！」

さらりととんでもないことを告げてきた父と大慌てで侍女を呼ぶ母の姿を見て、エジェリーは頭がくらりとした。

（もう、なるようにしかならないわよね……）

エジェリーはひっそりとため息をついたのだった。

そうして、慌ただしく準備が進み、あっという間に謁見の日がやってきた。

伯爵領から王都までは馬車で三日かかったが、無事謁見の前日に王都にある伯爵邸に到着し、今は王城へ向かっている。エジェリーは神殿での受け入れ準備が整うまで、今日から約二週間王城に滞在する予定だ。

母と伯爵家の侍女によって選ばれたドレスは菫色のドレス。聖女になれば純白の服を身に着けねばならず、華やかなドレスとは無縁の生活になるからと言われ、王城で暮らす期間のためだけに色の鮮《あざ》やかなドレスばかりを持たされた。

社交界デビュー前のエジェリーは王城に入ったことがない。

牧《ぼっ》歌《か》的な雰囲気のベルガス領とはまるで違う都の華やかさに、エジェリーは高揚《こうよう》感を抱くと同時に不安を募《つの》らせていた。

エジェリーの社交界デビューは十六歳を迎えて数ヶ月後を予定していた。まさか十六の誕生日直後に聖女に選ばれて、こうして王城に向かうことになるとは思いもよらなかった。

不安を抱えたまま王城に到着すると、一緒の馬車に乗っていた父とは入り口で別れ、エジェリーは城付きの侍女に客室のひとつに案内された。

「こちらがエジェリー様のお部屋でございます。必要なものがありましたらお申し付けください」

「ええ、ありがとう」

煌《きら》びやかな調度品に目を奪われる。若い女性が好みそうなアイボリーの家具に、手触りのいい真紅のビロードの長椅子。花瓶に生けてある色とりどりの美しい花が、部屋を明るく演出していた。

この城に留まるのはエジェリー一人なのに、部屋はエジェリーの自室の二倍以上の広さがあって、落ち着くまでには少し時間がかかりそうだった。

「御髪《おぐし》を整えさせていただきますので、こちらにおかけください」

鏡台《きょうだい》の前の椅子に座り、乱れた髪を城付きの侍女に整えてもらう。

素早く丁寧にエジェリーの長い髪が編まれていき、思わず感嘆《かんたん》の声が漏《も》れた。

「このような感じでいかがでしょうか？」

侍女が手鏡の角度をずらして頭の後ろを確認させてくれる。ハーフアップにされた髪は複雑に編み込まれており、中央にはエジェリーの知らない髪飾りがつけられている。菫の花を模《も》した、慎《つつ》ましく可愛らしいものだ。

「とても素敵よ、ありがとう。でも、この髪飾りは？」

「それは陛下と殿下からエジェリー様への贈り物です」

「え、王家からの贈り物？」

頷いた侍女はてきぱきと仕事をこなして、恭《うやうや》しく頭を下げてから退室していく。

エジェリーは彼女たちが部屋から出ていくのを見送ってから、改めて鏡を覗き込んだ。

「宝石のついてる髪留めなんて、滅多に使わないから緊張するわ……」

壊してしまうような気がして怖い。とても可愛いけれど、絶対に高価なものだ。

ベルガス家は、貧乏ではないが極めて裕福というわけでもない。伯爵家でも中ほどの位。ベルガス伯爵自身が過度な贅沢《ぜいたく》を嫌い、母も貴族の生まれだが他の貴族の婦人と比べて金銭感覚はしっかりしている方だ。そんな環境で育ったエジェリーも、貴族令嬢でありながら両親と同じような金銭感覚をしていた。

鏡で全身を確認し、笑顔を作った。

そして気を引き締めて、謁見の時刻を確認する。

「お父様はまだかかるのかしら」

城に到着した直後、先に国王のもとへ向かった父と別れてからそろそろ一刻。もう呼ばれてもおかしくない頃合いだ。

そう思っていたとき、扉が三度叩かれ侍従《じじゅう》が現れた。とうとう謁見の時間が来たらしい。

エジェリーは騎士と思しき男性に背後を警護されながら、国王との謁見の間に案内された。

「こちらの広間で陛下とベルガス伯爵がお待ちです」

恭しく頭を下げた侍従が扉を開く。エジェリーは深呼吸をしてから優雅に一歩踏み出した。緊張で心臓が破裂しそうだが、意識的に呼吸を整えて控《ひか》えめな笑みを浮かべる。

「そなたがエジェリーか。参れ」

温厚な声が届いた。

アイゼンベルグの国王は、五十代後半の壮年の男だ。穏健で争いを好まず、また賢君として国民の支持を得る人格者で、他国からの評価も高い。

促されるまま、父の一歩後ろまで歩き立ち止まったエジェリーは、一礼し挨拶《あいさつ》をする。

「お初にお目にかかります、国王陛下。アレクシス・ベルガスの娘、エジェリーでございます。本日はお招きいただきましてありがとうございます」

「よい、顔を上げよ」

下げた頭を上げ、エジェリーは自国の王の顔を見つめた。

顔に刻《きざ》まれた皺《しわ》は長年の重責を物語るが、目尻の下がった目元は優しげだ。温厚という噂は本当らしい。もっとも、優しいだけではこの大国は治められないだろうが。

「花のように愛らしい娘だな、ベルガス伯爵」

「もったいないお言葉です」

正装姿の父が深々と頭を下げる。どこか嬉しそうなのは、娘を褒《ほ》められたことを純粋に喜んでいるのだろう。

社交辞令と思いつつも、身内以外に面と向かって褒められたことのないエジェリーはむず痒《がゆ》くなり、はにかんだ笑みを見せた。

「それに、早速その髪飾りをつけてくれたのだな。淡い色合いの髪によく映えている。さすがの見立てだな、シリウス」

（……シリウス？）

国王との初めての謁見で緊張していたとはいえ、何故気づかなかったのか。そう不思議に思うほど存在感のある青年が、壁際から一歩前に進み出た。

銀色の髪に、王族の証である深い海を匂わせるサファイアの瞳を持つ背の高い青年だ。その端整な顔立ちは女神の末裔《まつえい》と呼ぶに相応しい。温厚な国王と同じく、柔らかな微笑が印象的だ。

「はじめまして、エジェリー嬢。シリウスと申します。以後お見知りおきを」

だが、目の前の青年を認識した瞬間、エジェリーの背筋にぞくっとした悪寒《おかん》が走った。

そしてこの場の誰のものとも違う、低く落ち着いた声が脳裏に響く。

『──お前を殺すのは、この世で一番お前を愛している私だ』

「……っ！」

（──誰の声？　これはなに……？）

「……おや、どうされました？」

怪訝《けげん》そうなシリウスの声に、呆然としていたエジェリーは慌てて淑女《しゆくじよ》の礼をとるが、胸が痛いほど早鐘《はやがね》を打っていることに気づいていた。そしてこの動揺が、未婚の少女たちが憧れる王太子殿下に声をかけられたからというわけでないこともわかっている。

『無垢な心に最後まで存在するのも、その瞳に映るのも、私だけ──』

――……蘇《よみがえ》る声、甘い微笑、残酷な裏切り。

エジェリーの知らない異国での出来事が、津波のごとく脳裏に押し寄せてくる。

それは、まだ若い少女が年上の青年に崖から突き落とされる場面だった。青年の手には血に濡れた短刀が握られており、少女の纏う白い衣の胸元は赤く染まっている。

「――っ！」

エジェリーの顔から、血の気が一瞬で引いていく。

ふらりと眩暈《めまい》に襲われたエジェリーを、目の前まで来ていた王太子は慌てて腕を伸ばして支えた。

「顔色が悪いですね。大丈夫ですか？」

至近距離で見つめられ、エジェリーは湧き上がる恐怖で一瞬震えてしまう。

しかし、気力でその怯《おび》えを隠し、姿勢を正した。

「……申し訳ありません。まさか王太子殿下にまでお会いできるとは思わず、驚きと緊張のあまり立ちくらみが……」

「そうですか、長旅での疲れも出たのでしょう。今夜はゆっくり城でお休みください。二週間後からは、あなたに聖女としての公務をお願いすることになりますから、私とも顔を合わせる機会が増える。どうぞよろしくお願いしますね」

脳髄《のうずい》が痺《しび》れる甘い声、柔和な微笑み、穏やかな口調。

初対面のはずだ。けれどエジェリーは、この男との繋がりを直感で悟った。

（……私は、この人の前世《かこ》を知っている——）

外見も髪も瞳の色も、まるで別人なのに。

一目で確信を抱けるほど、エジェリーの中でなにかが一致した。

王太子を見た瞬間、エジェリーのものではない、魂に刻まれた記憶が蘇ったのだ。それは話だけなら聞いたことがある、生まれる前の過去生の出来事だ。

記憶を忘れずに生まれる人間は非常に稀だが、この国では人の生まれ変わりが信じられている。

微かに震えるエジェリーの肩から手を放した王太子は、僅かに眉根を寄せていた。

エジェリーは気丈に振る舞いつつも、恐怖で足が竦《すく》んでしまう。頭を鈍器で殴られたかのようだった。

「大丈夫ですか？」

覗き込むようにエジェリーを窺うシリウスの目を見た直後、再び脳裏に恐ろしい光景が浮かぶ。

『お前を愛している——』

そう言って、王太子とは似ても似つかない青年が少女の胸に短刀を突き刺した。心臓を貫《つらぬ》かれる感触まで生々しく蘇り、エジェリーの肌が粟立《あわだ》った。呼吸が徐々に浅くなり、体温が奪われる。

　苦しさと絶望と冷たさまでもがエジェリーの内側を侵食し、エジェリーの意識はそこで途切れたのだった。


『――何度生まれ変わってもお前を愛する。必ず見つけ出して離さない』

　――ドスッとした衝撃が身体に響いた。驚きの声は音にならず、状況も摑めない。華奢《きゃしゃ》な身体は正面から抱き締められて、心臓に刺さった短刀がググッと奥深く内臓を貫く。こぽりと生温かい液体が身体の内側から溢《あふ》れてきた。

　身体が熱く、呻《うめ》き声も出せない。思考が闇に沈み、やがて浮上したとき――。

　己の隣にいたのは王太子シリウスだった。

「目が覚めましたか。具合はいかがですか？」

「イヤ……ッ！」

　美貌の青年を認識した途端、エジェリーの口から悲鳴が飛び出る。

　怯えて寝台の上を後ずさると、椅子に腰かけていたシリウスは、驚きに目を瞠《みは》った。

「落ち着いてください。ゆっくり深呼吸をして」

血の気が引いた顔で浅い呼吸を繰り返すエジェリーに、シリウスは一定の距離を保ったまま、深呼吸をするようにと告げてくる。夢と現実がごちゃまぜになり、混乱に陥っていた。

深呼吸をくり返したエジェリーは、ようやく意識がはっきりしてきた。

「急に起き上がってはいけませんよ。あなたは高熱で二日も寝込んでいたのですから」

「高熱……」

「私が誰だかわかりますか？」

夢で見ていた人物と姿が重なる。ズキンとした鈍い頭痛を感じて目を閉じたが、その痛みのおかげで思考が正常に働き始めて、己の失態を認識した。

「あ……シリウス殿下！　も、申し訳ありません。私、とんだご無礼を……」

「気にしていませんよ。それよりも、具合はいかがですか？　侍医に診《み》せたところ、長旅の疲れが出たのだろうとのことです。いきなり聖女に選ばれて、きっと精神的な負担もあったのでしょうね。なにか欲しいものはありますか？」

「……では、お水をいただけますか」

シリウスは用意されていた水差しからグラスに水を注ぎ、エジェリーに手渡す。ゆっくりと口をつけると、かなり喉が渇《かわ》いていたのだろう、すぐにグラスは空になり、もう一杯注がれた。

半分ほど飲んでひと息つく。頭痛は和《やわ》らぎ周囲を見渡す余裕も生まれた。

国王との謁見中に倒れるなど、とんでもない失態を演じてしまったことに、顔が青ざめる。そして王太子自らが看病してくれたことにも。

寝室の外には侍女が待機しているだろうが、よく考えれば未婚の男女が寝室に二人きりというのもよろしくない。

ますます顔色が悪くなるエジェリーに、シリウスが柔らかな声音で話しかけてきた。

「これから顔を合わせることも増えるでしょうし、エジェリーとお呼びしてもよろしいですか？」

「ええ……、もちろんです。お好きにお呼びください」

「ありがとうございます」

自分より十も年下で、身分も高くない少女に丁寧な口調で接する彼がなにを考えているのかはわからない。けれど柔和に微笑む姿は、記憶の中の青年を連想させる。

目覚めたばかりで、まだ頭の整理ができていない。困惑を顔には出さずに手の中のグラスを握りしめていると、ふいに己の体温より冷えた手が額《ひたい》に触れてきた。

「……ッ！」

「熱はだいぶ下がったようですね」

「は、い。もう大丈夫です。これ以上お忙しい殿下の時間をいただくわけには……」

遠まわしに退室を促すが、彼の次の言葉にエジェリーの身体は凍《こお》りついた。

「随分うなされていましたが、怖い夢を見ましたか？」

（――っ!!）

青いサファイアの双眸《そうぼう》がまっすぐに己を射貫いてくる。その瞳に映るのは、顔色を失って硬直するエジェリーの姿。目を瞠った彼女にシリウスは僅かにその目を細めた。

喉を湿らせたはずがもう渇いている。こくりと唾を飲み込んで、乱れそうになる鼓動を意識的に宥《なだ》めた。

「……わかりません。夢を見ていた気もしますが、起きたら忘れてしまいました」

「そうですか。まだ疲れがとれていないようですね。きちんと身体を休めてください。なにかを食べたら眠くなるかもしれません。消化にいいものを持ってくるよう、侍女に伝えておきましょう」

「……あ、ありがとうございます」

ゆっくりとお礼を告げて、目を伏せる。手の中のグラスはシリウスに渡り、ナイトテーブルの上に置かれた。柔らかなブランケットを握るが、血の気が引いていて感覚がない。手の温度が戻るのと、シリウスが立ち上がったのは同時だった。

彼が立ち去る気配を感じて視線を合わせる。去り際にシリウスはなにかを思い出したようだった。

「ユウリ、というのはお知り合いの方ですか？」

「え……？」

「あなたがうなされているときに、そのような名前を呼んでいたのが気になりまして。……ああ、まだ頬に涙の跡が」

シリウスに指で頬をすっと一撫《ひとな》でされて、エジェリーの身体は再び凍りついた。落ち着きを取り戻した心臓もひときわ大きく跳《は》ねる。

問われた質問に、エジェリーは知らないと答えた。

「……そうですか。もしかしたら、あなたの前世で関わりのあった人かもしれませんね。ごく稀ですが、前世の夢を見る人もいると聞いたことがあります。女神デメティアに祝福された菫色の瞳を持つのですから、そういうこともあるかもしれません」

「……殿下は、前世を信じていらっしゃるのですか？」

その問いに対して、微笑みながらもほんの僅かに鋭さを帯びた瞳が彼の心情を物語っていたが、動揺を押し殺すことに必死だったエジェリーは気づかない。

「いえ、私は信じたくないですし、鬱陶《うっとう》しいだけだと思いますね。もし前世の記憶があったとしても、自分とは関係ないことでしょう？　他人ではない誰かの生き様が見えるのは面白いかもしれませんが、もしも前世で罪を犯していて、その贖罪をしなければならない、というようなことを思い出したら……、正直迷惑な話です」

穏やかな口調できっぱりと否定的な意見を述べたシリウスは、エジェリーを見つめたまま笑みを深めてその場を去った。

扉が閉まり、シリウスが完全に姿を消しても背筋が凍ったような感覚が消えなかった。

（……怖い。あの人の傍にいるのが怖くてたまらない）

目が合うだけで心臓が跳ねるのは、自分でも説明できない恐怖心からだ。触れてくる手の感触にも、全身の肌がぞわりと粟立ってしまう。

潜在的な恐怖が湧き上がってくるのを、エジェリーは止められない。不敬にとられてもおかしくないが、恐ろしさというものは自分の意志でどうにかできるものではなかった。

「私、ユウリって呟いていたの？」

夢の中の少女を殺した男の名前を？

狂気が交ざった愛の言葉とともに思い出すのは、彼女が殺される瞬間だけ。頭の中から追い出そうとするが、何度も何度も、同じ光景だけが鮮明に蘇る。今のエジェリーよりも幼い少女が、心臓を短刀で刺されて崖下に突き落とされる映像が、記憶として浮かび上がるのだ。

人格や性格が前世の自分に乗っ取られたわけではない。あくまでエジェリーはエジェリーだ。映像を見せられただけなのに、強すぎる感情が胸の奥をざらりと撫でて、不快感と不安で瞳が揺れる。

前世のエジェリーの名前はイオ。彼女を殺した相手は、黒髪で長身の若い男。精悍な顔立ちや髪と瞳の色も王太子に似ていない。そう思うのに、違うと思えば思うほど、記憶の中の声が蘇った。

(違う、いえ違わない……だって殿下と出会った瞬間に記憶が蘇ったじゃない)

自分の意志とは別に湧き上がる恐怖は、紛れもない魂の記憶。イオを殺す直前に彼が囁いた言葉を、エジェリーははっきりと思い出せる。生まれ変わってもお前を愛する。必ず見つけ出して離さない、と囁いたのも――。

「愛しているから殺すなんて、そんな感情わかりたくもないわ……」

侍女を伴《ともな》って再びシリウスが姿を現す。彼の意味深な視線を浴びて、エジェリーはやはり恐怖に包まれた。

ああ間違いない――。

あの美しい王太子はかつてのエジェリーを殺した、残酷な前世の夫だった。

Ⅲ. アイゼンベルグの聖女

聖女として神殿に移るまでの約二週間。混乱していた頭を整理したエジェリーは、シリウスに前世の記憶が戻っていてもいなくても、さほど問題はないのではないかと思い至った。エジェリーがイオを別人と思っているように彼が前世の自分を別人ととらえているならば、シリウスはユウリに影響されないはずだ。

けれど油断はできない。たとえそう思っていたとしても、どんな行動をとるかわからないのだから。

(やっぱり極力接触は避けるべきだわ。殿下に近寄らないのが一番安全だもの)

彼がユウリなのは、きっと間違いない。それは単純にエジェリーの勘《かん》によるところが大きいが、シリウスと再会直後に記憶が戻ったことも理由のひとつだ。

接触は最低限に。心を許すことなく、城に滞在している間は空いた時間は読書に没頭しよう。

シリウスに読書が趣味だと伝えると、エジェリーは王城内にある書庫への出入りを許された。それには素直に感謝した。

一人で読書を楽しむ時間は、シリウスも訪ねてこないはずだ。

シリウスがエジェリーの行動を不審に思わなければいい。早く神殿に入れますようにと願う。神殿に入ってしまえば、聖女の居住区は男子禁制のため安心できる。

そうして、何事もなく始まった神殿生活。初めの一年間は実に平和な時を過ごすことができた。シリウスとは式典などでしか会わなかったし、会ったとしても人目のある場所で挨拶を交わした程度。彼がエジェリーを特別扱いすることもなく、顔見知り程度の距離感にエジェリーは心から安堵していた。

（そうよ、あれはきっとただの夢。夢なのよ。私の考えすぎだわ）

エジェリーは自分に起きている説明しがたい現象を、そんなふうに処理するようになっていた。

そして一年が過ぎた頃、国王の生誕祭に出席することになった。昨年は聖女就任直後で、直接お祝いの言葉を述べただけだった。そのため正式な生誕祭に参加するのはこれが初めてだ。

エジェリーは普段通りの笑みを浮かべて王城行きの馬車に乗った。式典の出席は聖女の主要な仕事のひとつだ。こういったときにしか神殿から出ないエジェリーは、未だに人が集まる場は苦手であり、公の場に顔を出すと思うだけでも緊張していた。

さらに、実は朝から体調が芳しくない。昨夜に喉の痛みを自覚し、それが今日も続いている。風邪の初期症状にも似ていたが、熱はなかったし国王の祝いの場に欠席するわけにもいかない。けれど時間が経過するにつれて頭痛まで感じるようになっていた。

（喉が渇いたわ……。こめかみもずきずきする）

式典が滞りなく進行し、国王のスピーチが終わった頃。エジェリーは給仕から飲み物を受け取ることもままならず、人混みの中で穏やかに微笑んでいることしかできずにいた。聖女として参加した彼女の周囲には、常に高位貴族が寄ってくる。

それもそのはず、エジェリーはまだ誰とも婚約をしていない。聖女を迎えた家は末永く繁栄するという言い伝えがあるから、任期が終わった後で彼女を娶《めと》りたいと願う貴族が現れるのは当然のことだった。

打算が前提の貴族の政略結婚を否定するつもりはないが、自分の価値が聖女という身分を通してしか判断されないのは、あまり喜べそうにない。美辞麗句《びじれいく》を並べ立てる独身の貴族男性に社交的な笑みを返し、ダンスの相手をやんわりと断る。その間もエジェリーの顔色はさらに悪くなっていった。

声を出すのが辛くて、異様に寒気がする。早く一人になって休みたいのに周囲がそうはさせてくれない。

鈍い頭痛に苛《さいな》まれるなか、エジェリーの注意を引くためか、不適切な距離にまで近づいた男が、耳元で囁きかけてきた。

「聖女様、そうつれないことをおっしゃらず。一曲ダンスのお相手をしていただくだけで構いませんから」

「――っ！」

強引な男がエジェリーの細い手首を取ろうとしたそのとき。

エジェリーの背後からかけられた涼やかな声が男の動きを止めた。

「エジェリー、陛下がお呼びです。参りましょう」

この会場で一番注目されている王太子が、好奇の目にさらされながらエジェリーに近づいた。さっと差し出された手を、観衆の前で拒んだら大変なことになる。

咄嗟《とっさ》に重ねたシリウスの手はひやりと冷たく、今のエジェリーには心地よかった。

そのまま手を引かれ、階段を上がって人気の少ない回廊を通る。兵士の姿も見えず、エジェリーは訝しんだ。

近くの別室に控えている国王のもとへ案内されると思っていたが、通されたのは今は空き部屋となっている賓客室だった。閉じられた扉の音に、緊張感が湧き上がる。

(陛下はどちらに……。まさか他に誰もいない？)

痛む喉に唾を流し込み、それでもエジェリーは平然を装って問いかける。

「あの、殿下、陛下はどちらにいらっしゃるのですか？」

その問いかけに、シリウスはいつもの微笑をふっと消した。すっと細まる双眸に冷ややかなものが交じるが、気力だけで立ち続けているエジェリーには気づく余裕がない。

シリウスは彼女を近くの長椅子にまで誘導し、国王が呼んでいるのは嘘だと告げた。

「お察しの通り、ここには私とあなたしかいません。陛下が呼んでいると言ったのは嘘です。具合が悪いのなら無理はせずに、私を頼ってください」

（……頼る？　何故？）

いつから気づかれていたのかはわからないが、エジェリーの体調不良は見破られていたらしい。

しかし今まで王太子とは挨拶程度しか言葉を交わさず、一定距離を保っていたはずだ。己が動かずとも誰か人を呼んで世話を頼めばいいだけなのに、これはどういうことなのか、痛む頭で考える。

「申し訳ありません」

長椅子に腰かけたままエジェリーが頭を上げると、すぐ目の前にまで近づいていたシリウスが彼女を自分の腕の中に閉じ込めるように、長椅子の背もたれに両手をついた。

「――っ！」

こんな至近距離で目を合わせたことは今まで一度もない。反応が遅れたエジェリーは、呼吸も忘れてそのままの体勢で秀麗《しゅうれい》な男の顔をじっと見つめた。

陶器のような滑らかな肌に、吸い込まれそうなほど深い青。その瞳の奥を覗いてみたい気持ちに駆られるが、覗いた途端に深淵《しんえん》の闇に引きずり込まれそうな恐ろしさも感じた。だが吐息が触れ合う距離には不思議と嫌悪感はなく、彼が持つ神秘的な美しさに見とれる。

動けずにいたエジェリーは、自分の体温より冷たい指で頬をずっと撫でられた。

口づけられる――。

「やはり少し熱いですね」

けれどその予感は外れ、コツンとシリウスの額がエジェリーのものと合わさった。

「今夜はこのまま泊まった方がいい。侍医を呼ぶまで少し待っていてください」

続き間になっている寝室まで抱き上げられて運ばれる。寝台に寝かされ内心ギョッとしたが、エジェリーの焦りはすぐに消えた。

「温かくして休んでください」

心配そうな眼差しのシリウスに首までブランケットをかけられて、申し訳ない気持ちが込み上げる。

（そうよ、今までなにもされなかったじゃない。殿下は純粋に私を心配してくれているの

に、こんな態度じゃ失礼だわ）

「あの……殿下、ありがとうございます。ですが回復したらすぐに戻ります。ご迷惑をおかけして申し訳ありません」

お礼とともに改めて謝罪をすると、水差しを用意していたシリウスは、柔和な眼差しにどこか剣呑《けんのん》な光を宿した。

「あなたは、我慢することを美徳と思っていらっしゃるのですか？」

「……え？」

「聖女としてのあなたしか見えていない輩に、笑みを返す必要はありません」

いつになくきっぱり言い切るところは、あまりシリウスらしくないと言える。だからこそ彼の本心なのだとエジェリーには思えた。

だが質問の意図が見えず答えあぐねていると、瞼《まぶた》の上に少し冷たい彼の手がのせられる。

「どうしてこんな気持ちになるのでしょうね。気にしたくなんてないのに……」

切なさの滲んだ声に、思わず胸が締め付けられる。けれど彼の手に視界を遮られていて、その表情を窺うことはできない。

（どういうこと……？）

彼が前世の記憶を持っている確証はないし、エジェリー自身、前世の光景はただの夢だと思い始めていた。けれどもしもそれが本当に前世であり、シリウスにも記憶が蘇ってき

ているのなら、なにかしらの感情が交じっていてもおかしくはない。

ぐるぐるとそんな考えに囚われているうちに、シリウスの纏う香りが遠ざかり、扉の閉まる音が聞こえる。

「殿下はなにを考えていらっしゃるの……？」

エジェリーの知る前世は、イオがユウリという男性に殺されることと、ユウリがイオに対して異常な愛を持っていることだけ。その場面を繰り返し夢に見ていたが、何度も見ることで今では冷静に受け止められるようになってきていた。

エジェリーはイオではない。第三者の視点で過去を受け止めている。愛しているから殺すというユウリの感情は理解できないが、出会った当初に抱いたシリウスへの恐怖心は少しずつ払拭《ふっしょく》されていた。

とはいえ出会ってから一年が経っても、相変わらず彼の真意が見えない。けれど、ぽつりと呟かれた言葉に嘘は感じられなかった。


エジェリーのことが気になると心を明かした翌日から、シリウスは頻繁に姿を見せるようになった。今までは半ば避けられているとも思っていたのに、手には必ずエジェリーが好む本を持ってやってくるのだ。

　彼はエジェリーが知らない本を紹介してくれる。初めは警戒していたけれど、数ヶ月も続くとそれが日常になった。今では読み終わった本の感想を言い合う仲になっている。

　歴史書から冒険譚《ぼうけんたん》、推理小説に寓話《ぐうわ》や隣国で流行している物語まで。星を売る羊飼いの少年の話や、世界が雨で覆われて太陽を待ち望む人々の話など、エジェリーの知らない世界はまだまだたくさんあった。

「セヴェニー島では、雨が止まないのは島を守護する神が泣き虫だからと言い伝えられているんですよ。まだ子供の神様だから、島民たちは定期的に虹を望む踊りを捧げるそうです」

「まあ。神様に年齢があるのも驚きですが、踊りを捧げれば虹が見られるのですか？」

「不思議なことに踊りの後は雨が止んで、いつも綺麗な虹が見られるらしいですね。今では虹が綺麗なことで有名な観光地です」

　ふふっとエジェリーの口から笑みが漏れる。きっと素敵な観光地なのだろう。

　シリウスは、エジェリーの何気ない問いかけにも丁寧に答えてくれる。自分の話を聞いてくれて、意見が交換できる。それは彼女も気づかぬうちに、信頼関係を築く一助となっていった。

「ようやくあなたの笑顔が見られましたね」

「え？　そうでしたか？」

「ええ。あなたはいつも、私と会うときはぎこちなくて、厳しい顔をしていらっしゃいます」

「それは……、緊張が抜けないからですわ」

今では彼に対してほとんど恐怖は感じなくなっていたが、それでもシリウスの隣にいるのは緊張する。美貌の王太子に見つめられて緊張しない少女はいないだろうから、これについてはエジェリーに非はないはずだ。それに、潜在的な恐れはなかなか消え去らない。けれど確実に、エジェリーがシリウスへ抱く苦手意識はなくなっていったのだった。

◆◇◆

——暗い、寒い、お腹が減った……。

口減らしのために、少女が山奥に捨てられたのは十にも満たない歳の頃。少女を育てた養父母は、小作《こさく》として働いても十分な食糧を得られず、家計は常に火の車だった。

幼い弟妹たちを養うため、少女も必死で養父母を手伝った。だが満足な肥料が与えられない土地では、いくら畑を耕しても作物が育たない。ひもじい思いをし、それでも山に入っては山菜を採り、細々と日々を過ごしていたある日。これでは冬を越せぬと、着の身着のままの少女は、いつも通う山のそのまた向こうまで連れて行かれた。絶対にここから動いてはいけないと命じられて。

日が三度昇ったら迎えに来る。養父は疲労の濃い顔で告げた。だが聡明な少女には迎えが来ることがないのはわかっていた。

寒くて怖くて、ひもじかった。木の根元に蹲《うずくま》り、小さく身を隠す。遠くから獣《けもの》の声が聞こえた。そう遠くない未来、自分もきっと獣の餌《えさ》になるに違いない。

寒さでかじかむ手も空腹感も薄れた頃、ゆらりと揺れる松明が目の端に映った。

目の前に身なりのいい男が屈んでいる。男は暖かそうな毛皮を纏っていた。

「生きたいか、死にたいか。好きな方を選びなさい」

静かな声で問われた言葉が、ゆっくりと時間をかけて頭に届く。ぼんやりとした思考を動かし、少女は男と目を合わせた。

黒曜石の瞳、背に流れる艶《つや》やかな長い黒髪。厳しくも優しそうな青年――。自分とは違う世界に住んでいるのだと、幼心にもわかった。

死んでもいいと思っていたのにその男に出会った瞬間、少女はぽろりと反対の言葉を口にした。

「……生きたい」

ふわりと微笑んだ男は、痩せっぽちな少女を腕に抱え、毛皮で温めた。

「そうか。ならば私がお前の望みを叶えよう」

意識が再び遠のく寸前、男は「ユウリ」と名乗った。

名は何と申すと訊かれた少女は、眠りに落ちる間際に「イオ」と答えた。


ユウリは村の長《おさ》だった。その彼に養女に迎えられて、実の妹のように慈《いつく》しんでもらっていた少女だが、彼が妻を娶れば彼女の立場は微妙なものに変わった。幼いながらも使用人として働き始め、そして立場を弁《わきま》えていたイオは、兄と慕《した》っていた男と次第に距離を置くようになった。

長の妻に疎《うと》まれて食事を抜かれたとき、よく木苺《きいちご》の実を口にしていた。甘酸《あまず》っぱくて、その当時には貴重な甘味。

木苺が生息している場所をどうやって知ったのか。その答えを知る前にエジェリーの意識は夢から浮上した。

◆◇◆

エジェリーはあと一ヶ月で十八歳を迎える。国王に謁見し、直々に聖女に任命されてからあっという間だったが、そんな感傷に浸る余裕はない。

一年で最も盛大に催される豊穣祭が、同じく翌月に迫っているのだ。

神殿の司祭が星を読み、春の訪れを迎える日に豊穣祭が催されるため、毎年開催日は異なる。

今年は運がいいのか悪いのか、エジェリーの誕生日の前日がその日となった。

聖女としての公務はこれが最後。華々しい終わり方でいい思い出になるだろう。豊穣祭での大役を任されるのは初めてではないので、去年のような胃が痛むほどの緊張感はない。

しかし、この平穏な暮らしがあと一ヶ月しか保証されないことに少しの不安もあった。

大国の王太子が未だに独身。おまけに婚約発表もされていない。

今年で二十八になるシリウスの婚約者候補が選抜されていない状況に、貴族のみならず、一般市民までもが関心を高めていた。

神殿への訪問を隠しもしないシリウスは、『王太子の想い人は聖女なのでは？』という噂をあえて否定していないようだった。世俗と隔離された神殿に暮らしているエジェリーの耳にその噂が入って来たのは、数ヶ月前のこと。思いがけない噂話に困惑する。

王太子がなにを考えているのか。知りたい気持ちはあるものの、知ってしまったら何故か後戻りができなくなる予感もして、ずっと訊けずにいた。エジェリーができることは、噂を否定することだけだった。

そして、慌ただしく豊穣祭の準備を進めていたある日。シリウスが手土産に、王城の菓子職人が作った木苺のタルトを持ってきた。ほどよい甘さのクリームの上に、酸味のある木苺がふんだんにのった素朴なタルト。サクサクのクラストは木苺との相性が抜群だ。

一切れずつ皿に移して、お茶を淹れたエジェリーに、シリウスはタルトとは別に持ってきていたガラスの器を開けた。そこには宝石のように真っ赤に熟れた木苺がぎっしり詰まっている。

「よろしかったらこちらもいかがですか？」

「ありがとうございます、殿下」

ひとつ口に含んで嚙むと、ほどよい酸味と甘さがじゅわっと広がる。何故か懐かしく感じる味に、エジェリーの顔がほころんだ。

「昔は貴重な甘味でしたが、今ではどこでも口にできるなんて。いい時代になりましたね」

同じく木苺を食すシリウスが、そう言いながらその味を懐かしむ。

「そうですわね……」

つられて頷きそうになったエジェリーは、思わずハッとした。

昔とは一体いつの時代だ。少なくとも、王太子であるシリウスには貴重な甘味だったと懐かしむような過去はないはず。戦時中でもないし、アイゼンベルグは女神デメティアを祀《まつ》る豊饒の地なのだから、飢餓に苦しむような歴史も残っていない。

「……」

探るような視線が交差する。お互い微笑みを浮かべたまま、先に視線を逸らしたのはシリウスだった。ティーカップを手に取り一口啜る様子を見て、エジェリーは気づかれぬよう小さく息を吐く。聖女服の下は冷や汗が流れていた。

(やはり殿下は、前世を見ている……?)

彼がユウリの前世を見ているとしたら、エジェリーの反応を見るためにこのタルトを選んだのだろうか。最近見た夢で、エジェリーはイオが木苺を好んでいたことを知った。エジェリー自身はそれほど木苺が好きなわけではなかったが、イオが好きだったこともあって少しだけ食べてみようと思ったのだった。

(でもそれなら何故、今になって探るようなことを……?)

きっと彼はエジェリーの前世に気づいている。確かな言葉はないが、彼の雰囲気からそれを察した。

(私がイオの生まれ変わりとわかったらなにをする気？　まさかあの人の宣言通り、必ず見つけ出して最後は前世のように殺すつもりなんてことは……)

ユウリの異常な愛がこの身にも降り注ぐのかと思うと、ぞくりと背筋が震える。美味しいはずのタルトの味がわからなくなった。

◆ ◇ ◆

これまでイオが殺される場面しか夢で見ていなかったのに、十八歳の誕生日を一ヶ月後に控えた頃から、エジェリーは他の光景も見るようになっていた。二人の出会いと木苺の夢も最近蘇った記憶だ。

(一度イオを拾って彼女の命を救っておきながら、結局殺すだなんて……)

いつも笑顔だった少女。大切にされていた記憶は嘘だったのだろうか。

いくらシリウスがエジェリーに対して優しくても、心の底から信頼できる日はまだ遠い。断片的にしか思い出せない前世の記憶だが、どうしても最後の裏切りが頭をよぎる。イオが向けていた絶対的な信頼を、ユウリが壊したのだから。

(私は、前世を思い出したいのか忘れたいのか、わからないわ)

中途半端に蘇るくらいなら、いっそすべてを見せてもらいたい。そう思う反面、煩わしく思う気持ちもある。

相反する気持ちを持て余し、ため息が零れる。寝台を下りてカーテンを開ければ、外は薄い雨雲で覆われていた。小雨が今にも降りそうな神殿の中庭をぼんやりと眺めて、朝の支度を始める。

(さすがにこんな天気の日は、殿下は来ないわよね)

政務に騎士団の演習、そして豊穣祭の準備。すべてに関わる彼は、寝る間も惜しいはずだ。無理して時間を作り、会いに来る必要も理由もない。

聖女の任期が終わるのもあと少し。そう思うと、途端にのどかな田舎の空気が懐かしくなる。将来もたくさんの書物に囲まれて、できれば想い合う人と穏やかに愛を育んで暮らしたい。

その理想に寄り添ってくれる相手を思い描くと、幼き頃から憧れを抱いていた人物が浮かんだ。

(そういえば、レオン様はお元気かしら)

現在隣国に外交目的で赴いている、兄の親友でありエジェリーにとっても幼馴染《おさなじ》みである彼に思いを馳《は》せていると、エジェリー付きの巫女《みこ》が小さく扉を叩いた。

「おはようございます、聖女様。王太子殿下がお見えです。急いでお支度を」

「……ありがとう。すぐ参ります」

まさかこの天気の中、早朝にやって来るとは思わなかった。

神殿の巫女に礼を告げ、急いで支度を整える。最近は豊穣祭での予定にどこか変更が出るたびに伝えに来るから、また今回もなにかあったのだろう。

(忙しいのだから使者をよこせばいいのに……)

些細なことでも足を運ぶ彼の姿に、元から王太子に憧れている巫女たちの熱は上がる一方だった。ため息をつきそうになるのを堪えて、エジェリーは白い聖女服を翻《ひるがえ》す。彼に借りていた本も忘れずに用意した。

首元や手首、足首まできっちり覆われた服は、穢れを知らない純白の色。

襟元が詰まった服も当初は着慣れなかったが、今では身体に馴染んでいる。純白を纏うと、心まで清廉になれる気がするのだ。

王太子が待つ応接室に通されたエジェリーは、甘く微笑む男に出迎えられた。

「朝早くから申し訳ありません。今しか時間がとれなかったもので。……顔色が優れないようですが、どこか具合でもお悪いのですか？」

「おはようございます、殿下。お気遣いいただきありがとうございます。特に問題はありませんわ」

「また読書に熱中して寝不足気味のようですね。早朝に訪ねて起こしてしまった私が言うのもなんですが、ちゃんと睡眠はとらないといけませんよ？」

と言いつつも、シリウスは持って来た荷物の中から、新たな本を二冊取り出した。異国が舞台の冒険譚の続編は、続きが気になるため純粋に嬉しい。しかし嬉しいと思って受け取ってしまうのは、少々現金な気もする。

複雑な感情が胸中を巡るが、素直に厚意を受け入れることにした。

「ありがとうございます。でも何度も申し上げておりますが、本をお届けいただくためだけに、殿下が神殿まで赴くのは……」

「私があなたの顔を見たくて来ているのですから、お気になさらず。それに今日は他にもお伝えすることがありますので」

「豊穣祭のことですか？　またどこかに変更が？」

巫女からお茶と季節の果物が二人分出される。白磁のカップには、薄紅色の紅茶がたっぷり注がれている。ほのかな甘い香りと瑞々しい果物が、エジェリーの緊張を和らげた。

「ええ、今朝の朝議でいくつか豊穣祭での変更点が決まりまして。あなたにも知らせておくべきかと」

「それは、わざわざご足労いただきまして、ありがとうございます」

毎回思うが、そのような細かいことはまとめて連絡するか、使者を出せばいいのではないだろうか。本も使者に持たせればいい。

エジェリーは目の前の椅子に腰かける優雅な男を見つめた。

神殿内の謁見室は、壁紙も家具も、エジェリーの聖女服同様、純白で統一されている。その中で本日シリウスが纏っている青色の軍装はとても目立つ。

（そういえば、神殿へ来るときも騎士姿だなんて珍しいわ。騎士団の演習にでも付き合っていたのかしら？）

よく見れば、表情に少し疲労が滲んでいる気がする。しかし美しい人というのはやつれた方がその美貌に拍車がかかるのは何故なのだろう。

エジェリーがそんなことを思っていると、くすりと微笑んだシリウスが、白磁のカップをソーサーに戻した。肘掛けに肘を立て、頬杖をつき、小首を傾げた仕草でエジェリーをじっと見返してくる。

「私のこの服が珍しいって顔をしていますね」

さらりと流れる銀色の髪。からかいを含んだサファイアの目を細め、唇は蠱惑《こわく》的な弧を描く。

「ええ、少し」

「本日は朝議の後、騎士団に付き合っていたので。警備のことなど、いろいろと確認事項がありますから」

喉を十分に潤《うるお》した後、シリウスはようやく本題へ入った。

「前回お伝えしたときの懸案事項だった、各領地から特産品を集めて場を提供する手配は整ったのですが、パレードの時刻をずらすことになりました」

「開始時間をですか?」

「ええ、一刻ほど遅くするので、あなたにとっては準備の時間が延びると思いますよ」

なにか予定の調整があったのだろう。深くは尋ねず頷く。

エジェリーも聖女として参加するパレードは規模が大きい。

聖女は季節の花々で美しく飾られた山車に乗り、菫の花をばらまく係を務める。見物客に今年一年の祝福の花を、聖女自ら与えるのだ。

パレードでは孤児院の子供たちによる催しも開かれる。また建国の王と豊穣の女神デメティアの演劇など、祭りはどこも賑《にぎ》わう予定だ。

各地域の人間も王都に集まるので、警備はいつも以上に厳重になる。それは王太子と国王陛下の身辺だけでなく、当然聖女であるエジェリーにも言えることだった。

人でごった返す中を無防備に歩かせるわけにはいかないと、聖女は出番以外は控室に閉じこもっていなくてはならない。室内にいるのは苦ではないが、一年に一度のお祭りなのだから少しは堪能してみたかった。とはいえ、限られた場所しか回れず、少々味気ない思いをするのも今年限りだが。

「……ですので、空き時間には私に付き合っていただけますか？」

「滅相《めっそう》もございません。ご遠慮させていただきます」

即答したエジェリーに、シリウスは苦笑する。

「警護のことでしたら問題ありませんよ。既に手配しております。他になにか理由でも？」

珍しく直球で尋ね返され、言葉に詰まる。

「……殿下はいつもお忙しくしていらっしゃいますし、貴重な自由時間はご自分のために使われた方がよろしいですわ」

「ちゃんと調整できる範囲でしか公務を入れていませんから、大丈夫ですよ。それに私のためとおっしゃるなら、私はあなたと一緒に過ごせるのが一番なのですが」

「せっかくのお誘いですが……神殿でお世話になっている巫女たちと約束をしているのです。私の任期もあと少しですから、思い出にと」

そんな約束は入れていない。これ以上彼との噂が広まるのを避けるために、咄嗟に思いついた嘘だった。

しかしこれはいい案かもしれない。

聖女は目立つため祭りの間も外にはほとんど出られないが、休憩場所として部屋に巫女たちを招けばいい。祭りの話も聞けるし、交流を深められる。

これまでお世話になってきたからきちんとお礼もしたいし、空いた時間で彼女たちと思い出作りがしたい。この後交流のある巫女数人に声をかけてみようと思った。

「私にはあなたとの思い出をくださらないのですか？」

「殿下と思い出を作りたいご令嬢は、大勢いらっしゃるでしょう」

「しかし私と一緒にいた方が、警護は楽で安全ではあります。今年は去年の豊穣祭より、出店数も増え外国からの観光客も多いため、人手不足で余裕がないと先ほど副団長にぼやかれました」

エジェリーの口許が微かに引きつった。毎年彼らが大変なのは、よく知っている。休憩時間も取れないほど働かされるのも。

　豊穣祭の後、可愛い恋人に振られる騎士が少なくないのはその所為《せい》だろう。国内で最も賑わう日を共に過ごす時間も取れず、女性側が愛想を尽かすことが多いらしい。

　エジェリーがそのことを知っていると見越して、この話題を持ってくるとは。

　沈黙を守るエジェリーに、シリウスは苦笑気味に笑った。

「すみません、少し意地悪でしたね。困った顔も可愛いですが、困らせたいわけではないのですよ。今のは忘れてくれて構いません。でも、もし気が変わったら、いつでもおっしゃってください。私があなたとの思い出を作りたいのは本心ですから」

　柔らかな口調で寂しげな微笑を見せつけられて、エジェリーの良心がチクリと痛む。この麗《うるわ》しい王太子をここまで拒絶した娘は、恐らく彼女が初めてだろう。

　縦にも横にも首を振れない彼女に、シリウスは話題を変えた。他にもいくつか変更点を告げて、最後に予想外の予定を聞かされる。

「もう一点、あなたにお伝えしなければならないことがあります。毎年豊穣祭の後に王城で舞踏会が開かれるのはご存じですね？」

「ええ、他国の賓客や地方貴族の方々も招待されるとか」

「はい。国内外の有力者がいっせいに王都に集まる貴重な機会です。去年はまだ不慣れだろうということで見送ったかと思いますが、今年は聖女の任期が最後ですので、陛下から必ずあなたも参加するようにと」

「えっ！」

シリウスから渡されたのは、舞踏会への招待状だった。王家の封蝋《ふうろう》が押されている。

（遠慮したい……）

社交界デビューもまだなのに、聖女としてデビューを果たすとは。

緊張で顔が強張《こわば》るエジェリーに、シリウスは優しく声をかける。

「私がエスコートしますので、ご安心ください。もし気乗りしないのであれば、少し顔を出すだけでも問題ありません。すぐに神殿へ戻れるよう手配しましょう」

安心しろと言われても無理な話なのだが、これは決定事項で、エジェリーに拒否権はない。

「……ありがとうございます、殿下。よろしくお願いいたします」

「ええ、こちらこそ。それから最後に、本日はこの本もあなたに渡しに来たのです」

「なんの本ですの？」

本の厚さは薄く、臙脂《えんじ》色の表紙の手触りは滑らかで、上質な革が使われていることがわかる。

表にも裏にも、作者名はおろか題名すら書かれていないその本は、隣国であるカゼル公国のものだと言う。他国との交流がほとんどないカゼル公国のものは、書物一冊でもとても貴重だ。

「童話、ですか？」

「私がまだ子供の頃にカゼル公国の大使からいただいたものですが、先日書庫で見つけました。挿絵が美しいので、きっとあなたも気に入ると思いますよ」

「王太子殿下への贈り物を私が譲り受けるわけには……」

「陛下も了承済みですので、問題ありません」

エジェリーの手にある絵本をそっと開けたシリウスは、精緻《せいち》に描かれた挿絵を見せる。そこには黒い鴉《からす》が空を羽ばたいている姿が描かれていた。そして不思議なことに、開いた頁から、黒い羽がひらりひらりと飛び出てくる。

床に落ちる前に消えてしまうが、不可思議な現象にエジェリーは目を瞬いた。

「鳥がまるで生きているみたいに動いているわ。しかも本から羽が落ちてくるなんて」

「カゼル公国の魔術です。子供が触れても安全なものですので、危険はありません。お気に召しましたか？」

ゆっくりと頷くと、シリウスは満足そうに微笑み返す。

「この鳥はなんという鳥なのですか？　あまりこの辺りでは見かけないように思いますけど」

「それは鴉ですよ。カゼル公国の紋章にも使われている鳥ですね」

そう言われて、黒と白の二対の鳥が隣国の紋章に使われていたことを思い出す。アイゼンベルグでは生息していない鳥だ。理知的な瞳が印象的で、エジェリーは思わず紙の表面を指でなぞる。

描かれている鴉は紙の中で羽ばたいて見せるが、それをエジェリーが感じることはできない。

「すごいわ……見えているのに触《さわ》れないなんて、どうなっているのかしら」

絵本に興味津々の様子のエジェリーを見て、シリウスは笑みを深めた。

それから、エジェリーの淡い金の髪を一房すくい、優雅にそっと口づける。緩やかに波打つその髪は、さらりと彼の掌《てのひら》を滑り落ちた。

「次にお会いするときは、ぜひ感想を聞かせてくださいね」

中性的な美しさを持つシリウスに髪に口づけられ、至近距離で熱く見つめられたまま笑いかけられる。

「……はい。貴重なものをいただきまして、ありがとうございます」

さりげなくシリウスから一歩後ずさった。頬が熱いのは演技ではない。苦手な男だが、彼は確かに見目麗しい王子なのだ。己の色香をもう少し制御してもらわないと困るほどに。

そっと視線を上げれば、とろりとした眼差しを向けられる。ドクンッ、とエジェリーの心臓が甘く疼いた。

（違うわ、珍しいご本を譲り受けて興奮しているだけよ）

優しくされても錯覚《さっかく》してはいけない。気を引きしめなければ。そう思ったとき、頭に僅かな重みを感じた。その瞬間、エジェリーの身体には緊張が走る。

まるで幼い妹にするかのように、シリウスがエジェリーの頭を撫でたのだ。

「……っ！」

悲鳴が漏れそうになり、咄嗟に息を止めてしまう。微かに息を呑む音がシリウスに伝わっていなければいい。

「きれいな髪ですね」

「あ、ありがとうございます」

「それではまた来ますね」

「……ええ、お待ちしております」

見送りは必要ないと告げて、彼はそのまま部屋を去った。エジェリーは絵本を腕に抱いたまま、別れの挨拶をする。

開かれていた扉の外で待機していたシリウスの従者は、エジェリーに軽く会釈《えしゃく》をした。

完全に彼らが出て行くと、ようやくエジェリーは肺いっぱいに空気を吸うことができた。

魔術が施されている不思議な本は、長椅子に置く。

「疲れたわ……」

短時間の出来事だったが、疲労と緊張感に押しつぶされそうだ。お願いだから、頻繁には会いに来ないで欲しい。

こんなふうに毎回心臓に負担がかかる思いをすれば、寿命が縮みそうだ。神経も磨り減ってしまう。

エジェリーはぐったりと長椅子に寝そべった。絵本は、シリウスが持ってきてくれた他の二冊の本の上に重ねておく。そして深呼吸をした。別れ際の光景を思い出して、僅かに眉をひそめる。

頭を撫でられた瞬間、エジェリーの脳裏にまた前世の出来事が蘇った。シリウスの撫で方は前世の夫、ユウリにそっくりだったのだ。妹のように接していたイオの頭をユウリはよく撫でていた。「優しい子だね」と褒めながら。

「口調は、夢の中のユウリ様の方が砕けていたけれど」

それでも二人の穏やかな雰囲気は酷似《こくじ》していた。

シリウスは誰にでも分け隔てなく話す。丁寧だが気心が知れた仲のように、親しく話しかけてくる。こちらには馴れ合うつもりはないのに、恐らく彼には通じていない。親しみやすさなど持たれても困る。これ以上親しくなりたいとは思っていないのだから。

「……ユウリ、様」

断片的な前世を見るようになってから二年が経過しようとしていても、この名を呟くのは勇気のいることだった。

胸の奥がギュッと痛む。連鎖的に、心臓に短刀が刺さる感触が蘇った。痛みは感じないとはいえ、あまりいい記憶ではない。

エジェリーの左胸の皮膚には、生まれたときから僅かに引きつった痕が浮き出ている。目を凝《こ》らさなくてはわからない薄い痕だ。

生まれつきの痣《あざ》かなにかだと思っていたのだが、前世の記憶が戻って納得した。これはあの日、イオが受けた傷だったのだと。

胸を服の上から握りしめる。

何故か鼓動がドクドクと早い。しかし血液が流れる音は生きている証拠で、エジェリーに安心感を与えてくれる。

呼吸を整え、細く息を吐く。

「……大丈夫。殿下は私を殺さない。私は二度も、殺されない」

今の名前はイオではない、エジェリー・ベルガスだ。

たとえ本当に前世の記憶があったとして、その記憶を持っていようとも、イオとエジェリーは別の人間。記憶を共有する、赤の他人。

随分慣れたけれど、未だに少しシリウスに苦手意識が残るのは、殺された記憶が邪魔をするからだ。

誰か一人を盲目的に愛すのは恐ろしい。その愛情を向けられるのも怖い。

エジェリーは激流のような強い愛情を望んではいない。穏やかでゆったりとした、親愛の延長が理想だ。そんな関係をいつか愛する人と築けたら、きっと幸福な人生を送れるだろう。

その相手は、間違ってもシリウスではない。

「誰かを深く愛するのは怖い。そんなのは知りたくないわ」

人を好きになる、ということは必ずしもいいことばかりではない。悲劇を繰り返したくないエジェリーは、ぽつりと呟いた。

そこへふと、一人の巫女が現れた。水色の簡素な神殿服に身を包んだ年若い彼女は、時折伝言係を上級神官から頼まれている。

「聖女様、文をお持ちしました」

「ありがとう」

差出人はエジェリーの兄だった。

将来伯爵位を継ぐ兄は、おっとりした性格で心優しい。気が強く美しい姉とはまた正反対の性格だ。

気疲れしていたエジェリーの気持ちが浮上する。

家族とも滅多に会えない神殿暮らしでは、時折届けられる文がなによりの楽しみだ。

逸る気持ちのまま封筒を開けようとしたが、届けた巫女が一礼し部屋を出て行くのを見て、慌てて呼び止める。

「ちょっと待って、あなた豊穣祭の日は空いている？」

小首を傾げる物静かな巫女に、エジェリーは先ほどシリウスに伝えた嘘を真にするため、豊穣祭での予定を尋ねた。

「特にまだなにもありませんが」

「本当？　空き時間に誰かと回る予定とか……。あの、無理だったらいいのだけれど、私もそろそろここから去るでしょう？　今年の豊穣祭で、お世話になった巫女のあなたたちにお礼が言いたいし、よかったら思い出も作りたいのだけれど……」

人付き合いが苦手なわけではないが、改めて誰かを誘うというのはいささか緊張する。この二年、つかず離れずの距離で接してきた巫女たちだ。特別親しくしてきたわけではないが、嫌われてもいないはず。

巫女の少女は僅かに驚き、「ですが」と眉尻を下げて逆に問いかけてきた。

「聖女様は、自由時間は殿下と過ごされるご予定なのでは？」

「そんな予定はないわ」

きっぱりと否定すれば、頬を緩め、彼女は他の者にも尋ねてみると頷いてくれた。

常に冷静沈着な姿しか見たことがなかった彼女のはにかんだ笑顔は、年相応で愛らしい。

年頃の少女らしさを感じると、自然とエジェリーも笑顔になった。迷惑ではなさそうだ。

巫女が退室したあと、エジェリーも自室へと戻る。そう広くはない一人部屋は、この二年間ですっかり自分の匂いに染まっている。椅子に腰かけ、ペーパーナイフを使い慎重に封筒を開けた。

「……よかった、皆元気そう」

近況報告には、姉が懐妊《かいにん》した報せが書かれていた。豊穣祭には家族全員で王都に来る予定だが、姉夫婦は体調によっては難しいかもしれないと続く。

「大事な時期だもの。無理は禁物よね。おめでとうと返事を書かなきゃ」

初めての孫に両親も喜んでいるだろう。

一枚、二枚と綴《つづ》られた文字に目を走らせ、最後の一枚を読み終わった後、エジェリーは心を弾ませた。

「レオン様も帰国されるのね！」

兄の親友である公爵家の嫡男、レオン・ベルンハルト。

代々諸外国との外交を担うベルンハルト公爵は、一年のうち半分ほどしか自国にいない。領地管理は家令と当主名代である弟に任せているそうだ。

数年前から公爵について他国を回るようになったレオンも、やはり滅多にアイゼンベルグには戻れないでいた。

まるで妹のようにエジェリーを可愛がってくれるレオンは、誠実な人柄に、陽だまりのような笑顔が印象的な好青年だ。彼の笑みを思い浮かべれば、エジェリーの心もふわりと温かなものに包まれた気分になる。

文机の引き出しから便箋を二枚取り出す。家族に宛てた手紙ともうひとつ。兄宛てだが、レオンに届けて欲しい手紙だ。兄は彼女がレオンをもう一人の兄のように慕っているのを知っているため、快く引き受けてくれる。

〝またたくさん他国でのお話を聞かせてください〟と締めくくる。本でも知ることのできない世界を聞かせてくれるレオンへの、お決まりの台詞だった。

いつか彼と一緒に旅をしたい。

淡い期待が生まれるが、貴族の娘であるエジェリーにそれが実現する可能性は低い。

そっと小さく息を吐き、神殿で使う封蝋を押し、近くを通りがかった巫女に手紙を預けた。

ベルガスの領地までは馬車で三日かかるが、手紙も十日もあれば届くはず。レオンには、帰国後の豊穣祭の日に届くかもしれないが、それでも問題はない。

目下の悩みの種は、シリウスが持って来た舞踏会への招待状だ。国王からの命令では、参加せざるを得ない。

「翌日は誕生日だし、成人を迎えるからいい機会だと思われたのね。聖女でいられる最後の日だから、陛下からのご厚意なんだわ」

労りの気持ちもあるのだろう。その厚意を無下にすることはできない。が、エスコート役をシリウスが務めるとなると、国中の貴族に自分たちの関係を誤解されてしまうかもしれない。そうなると、噂に拍車がかかる。

(それは困るわ!)

だが噂を否定することも、夜会を回避する術も持たないエジェリーには、どうすることもできず、豊穣祭当日を迎えることになるのだった。

◆◇◆

豊穣祭の日がやって来た。夜明け前に起こされたエジェリーは、巫女たちの手によって、祭りの花である女神、デメティアに変装する。

普段は真っ白の聖女服を纏っているが、豊穣祭では薄桃色のドレス姿だ。

デメティアは、豊穣と春の訪れを言祝《ことほ》ぐ神。

芽吹きの季節の代名詞でもあるので、とびっきり華やかに着飾る方が縁起《えんぎ》がよく、女神も喜ぶと言われている。

地上に降り、建国の王の伴侶《はんりょ》となった女神は、後に国民から聖女と崇められた。聖女デメティアに扮する少女は、菫の花を籠《かご》いっぱいに持ち、一年の実りを祈る。

エジェリーは、湯浴みから化粧まで、朝から丹念《たんねん》に準備を施され、時間を迎えた。

淡い金髪は、ハーフアップにされている。複雑に編み込まれた上半分の髪には、薄紅色と紫の生花が飾られ、春の女神らしさを演出していた。垂《た》らした髪はくるりと巻かれ、彼女の胸下でふわふわと躍っている。

聖女服のときは首元まできっちり肌を隠しているが、祭りは別だ。鎖骨を見せたドレスの胸元には繊細なレースと宝石が縫《ぬ》い付けられ、手首やドレスの裾は鮮やかな花が飾られている。

また腰からふんわりと流れるドレープは動きやすい。まさに女神の名に相応しい装いに、準備を手伝った巫女たちは満足げに頷く。

お礼を告げ、静かな控室にこもれば、外から賑やかな声が伝わって来た。どこからともなく音楽が鳴り響き、楽しげにはしゃぐ子供たちの姿が窓の外から窺える。

「楽しそうね」

今年も屋台は大賑わいだ。時間が経つにつれ、どんどん人で溢れていく。

糖蜜《とうみつ》漬《づ》けの菫が飾られたケーキ、菫を揚《あ》げて砂糖をまぶした定番のお菓子、建国の王が捧げた穀物の揚げ菓子や果物も忘れてはならない。

各地方の名産品や、その地域でしか食べられないご当地料理が、この日限りは王都で食べられるのだ。人で賑わうのも頷ける。

エジェリーの実家であるベルガス伯爵家も、自慢のリンゴの果実酒を振る舞うらしい。

また食べ物だけでなく、伝統的な織物や陶器も売られるのだとか。

去年は余裕がなくて断念したが、今年こそ少しは楽しみたい。

エジェリーの出番は国王のスピーチの際、後ろに控えること。そして後の勲章《くんしょう》の贈呈式《ぞうてい》と、パレードのみ。

贈呈式というのは、今年一年、各分野で功績を挙げた騎士や領主に勲章を与える儀式のことである。国王から言葉を賜り、王家の紋章が刻まれたバッジを与えられ、聖女から祝福の花束が手渡されるのだ。

この出番を無事に終えれば、エジェリーの肩の荷はひとまず下りる。

まずは豊穣祭の始まりを告げる陛下のスピーチからだ。

気合いを入れて、エジェリーは付き人の巫女たちと共に王城へと向かった。

「ごきげんよう、エジェリー。今日のあなたは春の精霊のように美しいですね」

「ありがとうございます、殿下」

手の甲に口づけるシリウスに、エジェリーも可憐に微笑む。王族のみが着用を許される、白と金を基調とした騎士の正装を纏ったシリウスは、感嘆の吐息が周囲から漏れるほど麗しい。

「躓《つまず》くといけないですからね。この先は私がエスコートしましょう」

心得たように巫女たちが背後に下がる。

差し出された手を払いのけるわけにもいかず、エジェリーは白いレースの手袋をつけたまま、そっとシリウスの手に片手を重ねた。

じんわりとした温かい体温が伝わり、ドクンと心臓が跳ねる。掌に汗をかくのは、恐らく緊張からだ。手袋をしていてよかったと、密かにほっとする。

「あなたのその姿、本当は誰にも見せたくないのですが」

とろりと脳髄を侵すような艶やかな美声。耳元で囁かれる声には普段以上の色香が潜んでいるようだ。

頬に朱が走りそうになるのを堪えて、気づかれないほど小さな息を吐く。心の中で平常心と唱えてから、エジェリーはいつも通り社交辞令として受け流した。

「殿下は相変わらずお上手ですね。殿下のお姿も素敵ですわ」

「私は本気で言っているのですが……、相変わらずつれない方ですね」

「ふふ、ありがとうございます」

エジェリーが余裕を装って笑い、話題を変えたので彼もそれ以上踏み込むことはなかった。

国王に謁見すると、満面の笑みを向けられる。

「なんて愛らしい聖女だ、国民も喜ぶだろう」

尊敬する陛下からの言葉は、純粋に嬉しい。エジェリーははにかんだ笑みを見せて、淑女としての礼をとった。

年齢を感じさせない若々しい王妃とも和やかに挨拶を済ませると、各自準備にとりかかる。祭りの開催を祝う国王陛下のスピーチと勲章の授与は滞りなく終わり、エジェリーはパレードへと急いだ。

先頭を飾るのは近衛騎士団。統率のとれた動きで国旗を掲《かか》げ歩く姿に、年頃の少女たちが色めき立つ。

その後に、金管楽器を吹きながら歩く音楽団が続き、三番目を飾るのが、白馬にまたがったシリウスだ。王族にのみ着用が許されている白と金を基調とした騎士の衣装で登場した途端、沿道からひときわ大きな歓声が上がる。

その声に手を振り微笑みを向けるシリウスは、優雅で凛々しく気品もあって、どこから見ても完璧な王子様だ。女神の末裔とされる王族は、見目麗しい者が多い。中性的な美貌の中にも男性的な色香が交ざるシリウスに、特に若い女性の口からは艶めいた吐息が漏れていた。王子を間近で見られるだけで、国民は英気を養えると言っても過言ではないのだ。

王太子の後に続き、各地から集まった美しい踊り子が場を盛り上げる。豊穣祭に相応しい華やかな山車の上で王立音楽学院の生徒が演奏を披露《ひろう》し、最後に聖女であるエジェリーが続いた。

美しい菫色に塗装された山車に乗ったエジェリーは、籠いっぱいの菫を笑顔で振りまく。籠が空になると新たな籠を手渡されるので、休む暇はない。

両手を上げて祝福の花を求める民によりたくさんの花が届くように、エジェリーは一生懸命花を飛ばす。

簡単なように見えるが、重労働だ。一人で何百、何千という数の花をばらまかなくてはならない。「聖女様ー！」という掛け声には、手を振り返して極力応え、笑顔でせっせと菫を降らせる。

そうして、パレードも終わりに近づきへとへとになる頃、両親と兄、そして数年ぶりに見るレオンの姿を見つけた。

（お父様、お母様、お兄様にレオン様……！）

誇らしそうに笑う家族三人と、もう一人の兄のような存在である、レオン。

彼らにも花が届くように、できるだけ遠くに投げる。が、残念ながら手前にいた男性に取られてしまった。

苦笑する兄たちは、気にするなというふうに手を振った。その笑顔を見られただけで疲れが吹き飛び、じんわりと心が温かく満たされていく。

（後でもし時間があったら、皆とレオン様に菫を届けよう）

やはり姉は体調が思わしくないのだろう、彼女の姿は見えなかった。悪阻《つわり》で大変なときに、人混みの中は厳しい。姉の分も含めて、エジェリーは最後の籠から花を数個よけておいた。


「エジェリー！」

パレードの終了後、最終地点の休憩所で背後から声をかけられる。先ほど見かけた兄のローラントとレオンだ。

「お兄様、レオン様！」

走りだそうとする妹をローラントが慌てて止めて、隣にいたレオンは苦笑を零す。お転婆と思われたと顔を赤くするエジェリーに、レオンは優しく声をかけた。

「本の虫のエジェリーがこんなに長時間、しかも外で精力的に動くなんて、がんばったな」

「この二年間で体力もつきましたから、このくらい平気です。レオン様こそ、お変わりなく、お元気そうで安心しましたわ」

「ああ、美しい聖女様のお顔を見られて、元気になった。見違えるほど美しくなったな。だが淑女はドレスの裾を持ち上げて走る真似《まね》などしないぞ」

「持ち上げたっていっても、ほんの少しだけよ」

足首にまとわりつくので、ちょっと持ち上げただけだ。はしたなく足を見せてなどいない。

真っ赤になって反論するエジェリーに、レオンはからからと笑う。短く切りそろえられた茶髪と同じく優しい茶色の瞳は陽だまりのように温かくて、エジェリーはそんな彼の目が昔から好きだった。彼の言葉と表情には裏がなく、エジェリーの心をほっとさせる。

「エジェリー、お疲れさま。ツェツィーリエも来たがっていたんだけど、この人混みだろう？　医者からも止められてしまってね」

おっとりしたローラントが妹の晴れ舞台を労い、姉の近況を伝えてくれる。

「仕方がないわ、大事な時期ですもの。無理をしてなにかあったら取り返しがつかないわ」

エジェリーは、そこで小さな籠を差し出した。そこには、よけておいた菫が家族全員分入っている。

「お姉様には栞《しおり》にして渡せたらよかったのだけど」

「僕の方でやっておくよ。ありがとう、エジェリー」

手先が器用なローラントは、そういった細かい作業も快く引き受けてくれる。

家族全員分栞にすると約束してくれて、エジェリーは安堵した。そして籠の中からもうひとつ菫を取り出し、レオンに渡す。

「レオン様にも、最高の祝福を」

「これはこれは、聖女様自ら手渡していただけるとは、なんたる幸運。ありがたくいただきます」

胸に手を当て紳士《しんし》の礼をしたレオンを見て、エジェリーの頬が緩む。兄のようでいて、甘酸っぱい気持ちにさせてくれる憧れの人。

この気持ちが家族に対するものと同じ親愛か、恋心なのかはわからないが、レオンの笑顔はやはり好ましい。

くすりと二人で微笑み合っていると、背後から静かな声が耳に届いた。

「エジェリー。こちらにいたのですか」

「……殿下」

穏やかに微笑んだまま、シリウスが護衛を一人だけつれて、近づいてくる。

「おや、珍しい。レオンとエジェリーの兄君ですね」

「久しぶりだな、シリウス兄上」

従兄弟同士である彼らは仲がいい。兄弟のいないシリウスは、レオンを弟のように思っているると噂には聞いていた。初めて二人が揃ったところに居合わせたが、なるほど、確かに気さくに話している。

レオンの方も、シリウスを兄と慕っているらしい。

「妹がお世話になっております、殿下」

シリウスに声をかけられたローラントは、おっとりと挨拶を返す。緊張した様子がないのは、既に社交界で顔見知りだからだろう。

「ローラントも、お元気そうでなによりです。エジェリーは聖女の役目をよく務めていますよ。……楽しそうに笑うのが家族の前でだけというのは、少々妬《や》けますが」

「そうなのかい？　エジェリー」

心配そうに問いかける兄に、エジェリーは首を左右に振った。

「違うわ。ただ、その……殿下の前だと緊張してしまって」

言葉を濁すと、ローラントもレオンも納得がいったように頷いた。エジェリーが感じる緊張は彼が王太子であるということだけではないのだが、誤解を解くつもりはない。

「シリウス兄上に見つめられて、緊張しない令嬢はいないだろうな」

「はい、その通りですわ」

レオンの助け船のような言葉にエジェリーは力強く頷いた。

「ところで殿下、なにか妹に用事があったのではないですか？」

ローラントがそんなエジェリーを見て微笑みながらシリウスに尋ねた。

「ええ、そうでした。申し訳ありませんが、少し彼女をお借りしますね」

今夜の夜会でまた会おうと言い、シリウスがエジェリーを連れ出す。背後には護衛が三人に増えていた。

巫女たちと約束をしている時間までまだ余裕がある。エジェリーは大人しくシリウスに従った。

連れて行かれた場所は休憩用の控室だった。扉が開かれるのと同時に、食欲を刺激する匂いが鼻腔《びくう》をくすぐる。従者に屋台で買ってこさせたのであろう食べ物が、テーブルの上にずらりと並んでいた。

「好きなものはどれですか？」

朝から食べ物をほとんど口にできていないエジェリーには、その誘いを断れるはずもない。

すり潰した芋と春野菜を交ぜて揚げたものと、さっぱりした柑橘系のジュースに、糖蜜漬けにされた菫を選ぶと、王太子が自ら取り分けてくれる。

侍女の仕事を王太子自らしていることに、エジェリーは恐縮した。けれど物言いたげな彼の側近は黙ったままだ。

「聖女の仕事は華やかに見えて重労働ですから。これくらいは私にさせてください」

はい、と差し出された、綺麗に盛り付けられた皿を受け取り、エジェリーはお礼を告げる。

「ありがとうございます、殿下」

「お好きなだけ召し上がってくださいね」

エジェリーはありがたく、皿にのせられた糖蜜漬けの菫を指でつまんだ。一口甘いものを食べれば、自然と疲れが癒《い》やされていく。

ほっと肩の力を抜いたのに気づいたのだろう。シリウスがエジェリーを見つめながら柔らかい眼差しを向けた。

「やはり女の子ですね。先に甘いものをお食べになるのは」

「……ええ、疲れたときは甘いものが一番ですから」

この国と比べて生活水準が貧しい村では、糖蜜は贅沢品だ。イオがこの場にいれば喜んだだろう。エジェリーも純粋に甘い菓子が好きだ。

「それにしても驚きました。あなたはレオンと知り合いだったのですね」

柑橘系のジュースで喉を潤すエジェリーに、シリウスはゆったりと尋ねる。先ほどの光景を思い出し、エジェリーは兄の友人だと答えた。

「そうですか」

あっさり返された言葉にどんな意味が込められていたのか、エジェリーが感じ取る前に話が逸らされる。

話題はシリウスが先日エジェリーに贈ったカゼル公国の絵本に移った。

「楽しんでいただけたでしょうか？」

「はい、とっても幻想的で。本の中の絵が動くなんて、きっとカゼル公国は不思議な書物で溢れているのでしょうね。物語は、哀しいものでしたけれど」

――それは黒い鴉の群れに、一羽の白い鴉が生まれる話だった。

黒鴉は、その色に魔術の源である強大な力を宿している。濡れた羽は藍《あい》と黒が混ざった色で、黒の色素が濃いほど強い力があるとされていた。

そんな群れの中に白い羽を持つ鴉が生まれれば、必然的に異端の烙印を押されてしまう。力のない弱き者は虐《しいた》げられ、仲間外れにされた。

ひとりぼっちでいつも泣いている白い鴉。しかしその羽に癒やしの力が宿ることを知ると、白鴉を虐げてきた黒鴉は態度を変えてすり寄り始めた。

病や怪我を治してくれる白鴉の慈悲を乞《こ》うべく、周りにたくさんの黒鴉が集まってくる。白鴉は彼らの願いを聞き入れ自らの羽を差し出した。そうして自分を虐めていた者たちにも快く羽を与え続け、とうとう最後の一枚になってしまう。けれど白鴉は躊躇《ためら》いなく羽を差し出して、永遠の眠りについた。

身勝手な欲望が描写された童話の内容は、残酷で救いがない。

仲間に見捨てられていつも泣いていた白鴉は、羽を与えるときは笑顔になる。最後は黒鴉がお墓を作り、死を悼むという話だった。

無償の愛の尊さを示しているのか、愚《おろ》かな白鴉の末路《まつろ》を嘲笑《あざわら》っているのか。イオの記憶が残るエジェリーには、村のために生贄になった彼女とどこか重なるものを感じて複雑な気持ちになったが、美しい挿絵と絵本の仕掛けは楽しかった。

「カゼル公国の神話のひとつとして知られる物語ですが、実は白鴉は神の使いだったという説があるんですよ」

「そうなのですか？」

「ええ。元々鴉というのは賢く、色も白のみだったのですが、罪を犯して神の国から追放され真っ黒に変えられたのです。色味が濃いほど罪は重く、人の世界で修行するようにと、知性も奪われて。時折現れる白い鴉は、神が送った使者であり、堕《お》とされた鴉たちが再び帰還できるかを試しているのだとか。けれど黒鴉は嘘つきで傲慢《ごうまん》で、欲が深く不遜だった。白鴉は下界に生まれるたびに、僅かな希望を打ち砕かれ、神の国へ帰ることを望むのです」

「……では、この白鴉はなにもかも諦めて、自ら羽を差し出していたのですか？　早く神のもとへ戻るために？」

早く死ぬことを望んでいたと？

首肯したシリウスは、白鴉は慈悲深かったわけではないと言った。ただ諦めて、憐れんでいたのだと。

「我らは罪深い黒鴉である――と、カゼル公国の魔術師たちは自身のことをそう呼びます。魔術師の戒律は厳しく、掟を破った者には罰が与えられる。彼らの不思議な術は、すべて誰かを思いやるためのもの。人を害する術は禁じられているのだそうですよ」

国交は最小限。他国からの移民は極端に少ない。封鎖された国に等しかった隣国は今でも他国との繋がりが薄い。大国であるアイゼンベルグは例外で、ここ数十年において良好な関係を築いている。

（この人は、この童話を読んでどう感じたのかしら？）

悲しみ？　憐憫《れんびん》？　それとも黒鴉に対する怒りや憤《いきどお》りだろうか。

シリウスの本質を、エジェリーの中ではうまく摑みきれていない。博識な面は書物の意見交換を通して気づいていたし、常に紳士的で王太子としての能力は疑いようもない。王族として高潔であり尊敬もしている。ただ傍にいると言葉では言い表せないざわめきが心の奥で起きる。本能的な警戒心はいつでも彼女の中に潜んでいた。

「殿下の感想をお聞きしてもよろしいですか？」

数回瞬いたシリウスは、「わがままな愛、でしょうか」と意外な答えを返す。

「物語の中では、黒鴉たちはさまざまな理由を述べて、白鴉の癒やしの羽をもらい受けます。子供や家族が病に冒された、怪我をした。巧みに嘘をつき白鴉の同情を誘って羽を得ますが、作品の中には、黒鴉のすべてが嘘をついていたとは書かれていません。誰かを傷つけてでも大切な人を救いたい。自分勝手ではありますが、それも、己の心に忠実な一種の愛なのでしょう」

他人がどうなってでも、己の大切な人を救って欲しい。躊躇うことなく欲求のまま動いてしまえるのは、確かに他者への愛であるのかもしれない。情が深いことは確かだ。

「きっと神の使いである白鴉は、神を愛していたのでしょうね。先ほど言った通り、黒鴉は試されています。黒鴉のことを思うなら、簡単に羽を分け与えるべきではないはずです。それでも黒鴉の望み通りに分け与えたのは、白鴉の愛が神にのみ向けられていたから。そして白鴉の望みは早く神のもとに帰ること。私はそれでいいと思います。きっと神も白鴉の戻りを喜んだでしょう」

目尻を下げてそう語ったシリウスの表情が思いのほか優しくて、トクンとエジェリーの心臓が小さく跳ねる。

愛しい人のもとへ帰るために。白鴉もまた、己の欲があったのだろう。

糖蜜漬けの菫を口に含む。甘い蜜と花の香りを口の中で味わいながら、彼女はティーカップに口をつける王太子を見つめていた。

物語の背景を知れば違う視点が生まれる。残酷で切なく悲しい物語も、純粋な愛が隠されている可能性があるのだ。

そういう見方をできる人はきっと思慮深くて、他人に対して寛容だ。

（本心がわからなくて食えない人だけれど、この人の根っこはきっととても繊細で優しい。私も、いつまでも苦手意識を抱いていては失礼だわ）

自分からは積極的に関わろうとはしなかったが、もういい加減、彼の誠実さを認めるべきだ。向こうから歩み寄ろうとしてくれているのだから、もう少し彼を信用すべきだろう。

エジェリーはようやく、彼との会話が嫌いではないことを認めた。本について語り合うことも、最初は戸惑いが強かったけれど、今では居心地のいい時間に変わっている。けれどきっと彼女が聖女でいる最後まで、シリウスの傍にいてドキッとするのは変わらないだろう。

エジェリーは、自分自身にも摑みきれていない温かくて繊細な気持ちが、胸の奥で生まれつつあるのをはっきりと自覚していた。

Ⅳ. 崩れる均衡

古い時代のその村は一夫一妻制ながら、長だけは妻を複数娶ることが許されていた。それは村の存亡の機に、彼女たちに重大な役目があるからだ。

当初はなんの思惑があったのかわからなかったが、イオが初潮を迎えたばかりの十四の歳に、ユウリは妹のように慈しんでいた彼女を己の妻の一人に迎えた。

けれどイオが長に嫁いでから間もなくして、村は旱魃《かんばつ》に見舞われた。作物に与える水も、飲み水を確保することすらままならない日々が続いたある日。雨乞いの儀式が執《と》り行われることとなった。

神に背を向けられれば、自然の恩恵は永遠に受けられない。

獲物を狩り、田畑を耕して生計を立てていた村人たちは、生き残る道を模索し、生贄を捧げることにした。

生贄に選ばれるのは、長の血筋の女。又はその妻。

村を守る責務を負う長が妻を複数娶れるのも、この儀式があるからだった。そして女たちも、命を捧げる覚悟を決めて長に嫁ぐ。

とはいえ、生贄を捧げるほどの天災は、百年に一度も起こらない。そんな因習《いんしゅう》も忘れ去られていた頃の大旱魃に、選ばれた生贄はイオだった。

選んだのは、彼女の夫である男。「ユウリ様」と、兄のように慕っていた男からの宣告に、幼かったイオは初めは悲しんだ。なによりユウリとの別れが辛かった。しかし結局は村のためにと覚悟を決め、彼女は微笑みながらその運命を受け入れた。これでやっと、彼と村に恩返しができるのだと。

だが、花嫁衣裳と見紛う白装束を着せられ、断崖絶壁の岬まで連れて来られた彼女は、生贄として龍神に捧げられる直前、最愛の夫に、隠し持っていた短刀で心臓を一突きにされた。

本来なら贄は生きたまま捧げなければいけなかった。だが独断で儀式を穢したのを知るのは、彼女を殺した本人だけ。享年十四歳。命を落とすにはあまりにも若い死だった。

◆
◇
◆

盛大な舞踏会が開かれる王城の大広間には、国交のある国からの賓客に加え、国内の貴族らが多数集まった。

各国の民族衣装や、流行の最先端を取り入れた貴婦人たちの気合いのこもった装いは、大勢集まると圧巻の一言に尽きる。贅を凝らした大規模な舞踏会は、一年に一度のこの日のみ。王城で開催される他の夜会は、豊穣祭の後に比べると質素だ。

昼間の祭りで聖女の出番を終わらせたエジェリーは、巫女たちと部屋で休憩をとった後、王城に連れて来られた。

女官たちに湯浴みをさせられ、身に着けたのはいつも通りの聖女服。静謐《せいひつ》な雰囲気のある聖女としての正装だった。

首元から足首までを覆い隠す純白のドレスは、昼間の華やかさと打って変わって地味な装いで、宝飾品のひとつもない。飾り気がないからこそ、聖女の慈愛《じあい》と清廉な美しさが際立つのだという。

確かに、色とりどりのドレスの中にいれば、逆に目立つことだろう。聖女として社交界デビューを果たせるのはとても貴重な体験だ。

しかし舞踏会の規模が大きすぎて、緊張してしまう。なにせ他国の王族まで招かれているのだ。

エジェリーの顔は昼間に知れ渡っているが、今までは祭りの進行上話しかけられる心配はなかった。けれど、舞踏会に出席すればそうもいかない。

　薄く清楚な化粧を施され、髪はふわりと背に流される。手の込んだ髪形にもしないのは、その方が自然に見えるためだ。

　美を司る女神を信仰しているならば、聖女も美を極めなければいけないのだろうが、豊穣の女神は自然の恵みの象徴。素の美しさを引き立てる化粧の技術こそが、女官たちに求められる。

「支度は整いましたか？」

　部屋の外から聞こえたその声に侍女が扉を開ければ、シリウスが顔を出した。後ろに近衛騎士を数名連れている。部屋の前で立ち止まった彼らを確認してから、シリウスは椅子に腰かけるエジェリーに手を差し出し、立ち上がらせた。

「昼間のドレス姿も愛らしかったですが、やはりあなたには聖女の装いがよく似合いますね」

「ありがとうございます。殿下はお召し替えはしないのですか？」

「ええ、エジェリーのエスコート役なら、白が基調のこの衣装が合いますから」

　皺《しわ》も汚れも見当たらないシリウスの衣装は、恐らく昼間着ていたものとは別で、同じものに着替えたのだろう。二着あっても不思議ではない。

　これから王太子のエスコートで大勢の前に出ると思うと、緊張で指先が震える。

「私が傍にいるので、ご安心ください。参りましょう」

体温が下がったエジェリーの手を温めるように、シリウスが包み込んだ。

（隣にいられる方が緊張するのだけど）

本音は心中だけで呟き、ぐっとお腹に力を込めてエジェリーは一歩を踏み出した。


「王太子殿下と聖女様だわ」

「なんて麗しいのかしら。昼間の聖女様も華やかでしたけれど、やはり純白のドレスがよくお似合いね」

「あのお姿も見納めなのだな。人に戻った元聖女に、殿下もようやく求婚できるというわけか」

「聖女を務めた乙女が王家に嫁がれるのは何世代ぶりかしら？」

「聖女の加護がある我が国の未来もこれで安泰だな」

未婚の王太子にエスコートされる聖女の任期は本日まで。婚約発表も時間の問題だ——というのが、エジェリーの耳に入ってきた噂話の内容だった。

好奇と羨望《せんぼう》と嫉妬《しっと》の眼差しを向けられ、エジェリーは怯みそうになる。

望んでこの立場になったわけではないし、ましてやエジェリー自身は王太子妃の座など狙っていない。この大国の王妃になるなんて、とんでもない冗談だと思っている。

噂話が確実に耳に入っているはずなのに、シリウスは特に反応することなくエジェリーを伴って、広間の奥へ進んでいった。

そしてシリウスにエスコートされたまま、何故か国王の斜め後ろに王太子と佇む羽目になる。困惑するエジェリーをよそに舞踏会は進行していく。

「——本年も、豊かで実りのある年になるよう、すべての恵みに感謝しよう。アイゼンベルグ王国の祖、初代国王ゲーアハルト・エルヴィン・アイゼンベルグ、そしてこの地に恩恵を与えた女神デメティアに乾杯」

国王が杯を上げる。その場にいる全員も国王にならい、杯を持ち上げた。

宴の始まりの合図がされると、音楽団の演奏が響く。

ここからは諸外国の賓客から順番に国王への挨拶が始まるはずだ。

エジェリーは戸惑いながらシリウスを見上げた。

するとシリウスよりも早く、国王がエジェリーに声をかけてくる。

「エジェリー、二年間大儀であった。そなたのその姿、今夜が見納めだと思うと、少々寂しくもあるな」

「陛下……、もったいないお言葉でございます」

腰を折り淑女の礼をするエジェリーに、国王は目尻に皺を刻んで微笑む。その隣で王妃であるシリウスの母も、慈愛に満ちた笑みを浮かべていた。

「今宵はそなたが主役だ。明日が誕生日なのだろう？　成人を迎える前夜祭とでも思って、楽しんで欲しい」

「お心遣い、感謝いたします」

国王夫妻のもとへ挨拶を求める隣国の王族がやってきたため、エジェリーとシリウスはその場を離れた。

（早く壁の花になりたいわ……）

しかし現実はそうもいかない。エスコートをすると宣言した通り、シリウスはエジェリーの傍から離れないどころか、周囲の期待通りにエジェリーにダンスを申し込んできたのだ。

社交界デビューを控えていたのだから、貴族令嬢の嗜みとしてダンスはかろうじて習得している。だがそれは二年も前のこと。

しかもこんな大勢の前で披露できるようなものでもない。

「こ、困ります殿下。練習もなしでなんて無理ですわ」

小声で訴えるが、シリウスはエジェリーの前に手を差し伸べて、実に爽《さわ》やかに言い放つ。

「大丈夫ですよ。私に合わせるだけで問題ありません」

「……っ」

それは噂を助長させるのではないか。

親密な空気を放つ王太子と聖女の二人は、話題の中心人物だ。一挙一動見逃すものかと、無数の視線が集中している。

エジェリーの顔から血の気が引いていく。

いつの間にか音楽までもがゆっくりとしたものに変わり、周囲の期待が膨らんでいるのがわかる。エジェリーは覚悟を決めて、差し出されたシリウスの手を恐る恐る握った。

「そんなに緊張しないでください。演奏に耳を傾けて、身体は私に預けて楽しめばいいのですよ」

ぐいっと腰を密着させられて、腕をとられる。緩やかな曲調は、高度なステップを求めるものではない。

けれどシリウスとこんなに密着したまま好奇の視線を浴びて踊りを楽しむなんて、できるはずがない。

エジェリーは笑顔を凍らせたままその身をシリウスに預けることしかできなかった。

だが、すぐに気がついた。巧みなリードのおかげでとても踊りやすい。読書漬けの日常で少々運動不足の自分が難なく踊れている。踊りの自信のなかった自分自身が一番驚きを隠せなかった。

（すごいわ……私が間違えずに踊れているなんて）

身体が動かされているわけなのだが、それはシリウスのリードが完璧だということである。緊張で強張っていた身体も、音楽を聴く余裕が生まれると次第にほぐれ、自然な笑みまで浮かんでくる。

周囲から感嘆の声が漏れた。清らかな装いのエジェリーは、大輪の花ではないにしろ人目を引きつけていた。

くるりと回転する姿は軽やかで、その見た目と相まって妖精のよう。時折シリウスと見つめ合い、柔らかに微笑み合う。二人の間には確かな絆が見えていた。

耳でしっかりと演奏をとらえ、視線をシリウスに向ける。じっと目を見るのは恥ずかしいので、時折視線を外しつつ、それでも彼の深い青の双眸に吸い込まれそうだった。

そうして最後のステップを踊りきると、シリウスに手を引かれ中央から外れる。

注目を浴びたダンスは、エジェリー自身にも表現できない高揚感のなかで締めくくられた。

「疲れましたか?」

「いいえ、とっても楽しかったですわ」

「それはよかったです」

あんなに緊張していたのに。それを忘れてしまえるどころか、シリウスと身体を密着させても嫌悪感が湧かなかった。

たった一曲のみ。長いようで短い時間は、彼女の気持ちに変化をもたらしていた。

るのね)

(陛下の生誕祭では具合が悪かったけれど、初めてちゃんと参加した舞踏会で興奮してい
ドキドキと高鳴る胸の鼓動を意識的に宥める。気持ちを落ち着かせるため、細く長い息を吐いた。

称賛を浴びて飲み物を求める頃には、二人はこの国の有力貴族の子息や令嬢に囲まれていた。

「お美しかったですわ、聖女様」

「ええ、純白のドレスの裾が翻る姿もとても清らかで」

「光栄ですわ。ありがとうございます」

褒め称えてくる令嬢たちの笑顔は完璧だが、その視線はちらちらとエジェリーの手元に落ちている。未だにシリウスがエジェリーの手を握っているからだ。

好奇の視線に対して、社交的な笑顔を貼りつけて対応していると、令嬢たちの背後から両親と兄、そしてレオンが近づいてきた。

周囲にいた人間はそれに気づいて道を空ける。

「ようこそおいでくださいました、ベルガス伯爵、伯爵夫人。それに、ローラントとレオンも」

「喉は渇いていませんかな？　殿下、エジェリー」

「素敵なダンスでしたよ。殿下のおかげですね」

「お父様、お母様」

その通りすぎて返答に困る。母はエジェリーのダンスの腕前を知っているのだ。曖昧に微笑み返すと、父が広間の給仕係からグラスをふたつ受け取った。

「うちの特産品であるリンゴ酒ですが、甘みを抑えて爽やかなものに仕上げました。女性だけでなく男性にも好まれるように」

「それは美味しそうですね。ぜひ、いただきます」

シリウスが両親と会話をしていると、兄のローラントとレオンがエジェリーに話しかけてくる。

「お疲れ様。なにかお腹には収められたかい？」

「お兄様、緊張して空腹どころじゃないわ……。もうなにがなんだかわからないし、急にこんな大勢の前でダンスを披露することになるし。でも、少し気が抜けたらお腹減ったかも」

「なにか取ってくるか。なにがいい？」

きっちりと夜会用の礼服に身を包んだレオンに問いかけられて、エジェリーはその精悍さに一瞬目を奪われた。レオン目当てのご令嬢が大勢いるのも納得だ。

彼の瞳は茶色だが、彼も女神の末裔だからだろうか、王家の血筋はつくづく容姿に恵まれている。

「では、焼き菓子を」

「そんなものでいいのか？」

「ゆっくり食べる時間があるかわからないので」

コルセットできつく胴体を締めている令嬢なら、そもそも食欲は湧かないだろうが、エジェリーの聖女服は身体の線に沿っているわりにはゆったりとしている。そして彼に言ったとおり、緊張がほぐれたため、少しお腹が空いていた。

エジェリーの言葉に納得したようにレオンは頷き、颯爽《さっそう》とその場を離れる。

「あ、レオン様に行かせてしまってよかったのかしら」

兄の親友でエジェリーの幼馴染みでもあるが、彼は公爵家の嫡男だ。王家主催の舞踏会で王太子の従弟に従者まがいのことをさせてしまい、慌てて兄に問いかける。

「面倒見がいいんだよね、レオンは。彼から提案してきたんだから、君は心配することないよ」

ちゃんと喜んで食べてあげてね、と兄に言われて頷いたエジェリーだったが、レオンが持って来た山盛りの焼き菓子には苦笑が漏れた。

「私、こんなには食べられませんわ」

「そうか？　全種類持って来たんだが。じゃあ好きなやつだけ食べればいい。残ったのは俺が食べる」

「レオンの甘党も変わらないね」

兄と三人で笑い合い、エジェリーはレオンが持つ焼き菓子の皿から、イチゴのジャムが塗られたクッキーをつまんだ。

「甘酸っぱくって美味しいわ」

「果物が好きなのか。これはアプリコットのジャムだな。はい」

手渡されたものを受け取り、一口大のクッキーを食べる。アプリコットの甘味がすぐさま口の中に広がった。

「三人で楽しそうに、なにをしているのですか？」

エジェリーの両親との会話が終わったシリウスがそこへ加わる。どうやら両親は他の参加者に自慢のお酒を勧めているようだ。

「エジェリーがお腹が減ったと言うから、焼き菓子を取って来たんだ」

「レオン様。私から空腹を訴えたわけでは」

「妹は殿下の前では照れ屋さんになるみたいですね」

「そうなのですか？　エジェリー」

なにか期待の籠もった眼差しでじっとシリウスに見つめられ、エジェリーは追い詰められる気分になった。柔らかな眼差しは決して威圧的ではないのに、真意を見透かそうとしているように感じられる。

一瞬で緊張を思い出し、エジェリーはこくりと頷くことしかできなかった。

「なにもかしこまる必要はないのですが、あなたは変わりませんね」

「……申し訳ありません」

「謝ることではないですよ」

目を伏せたエジェリーにシリウスは笑いかけた。隣に佇んでいたローラントとレオンは、その場を離れることを告げてくる。

「シリウス兄上、俺たちはそろそろ陛下に挨拶してくるよ。エジェリーもまたな」

「殿下、妹をよろしくお願いいたします」

「ええ、お任せください」

二人の後ろ姿を見送って少しだけ寂しく思っていると、給仕から飲み物を受け取ったシリウスがエジェリーにグラスを差し出した。

「よろしければ一緒にいかがですか？　ベルガス伯爵ご自慢のリンゴ酒ですよ」

「ありがとうございます」

実は今までお酒を飲んだことがないが、せっかくなのでいただくことにした。一口飲むとすっきりした味わいが口のなかに広がり、酒精をまったく感じない。口当たりがよく飲みやすいリンゴ酒を、エジェリーはすぐに飲み干した。

「気に入ったようですね。もう一杯いかがですか？　あなたの領地の特産品ですから、あなたが飲んでいると宣伝にもなるでしょう」

「はい、いただきます」

身体の中が温まってきた。足が少しだけふわふわと覚束《おぼつか》なくなるが、酩酊《めいてい》感というものを知らないエジェリーはその変化に気づかない。ただ緊張感は消えて、心地いい気分になってくる。

「少し顔が赤いですね……。エジェリー、私の腕にしっかり摑まってください」

言われた通りにシリウスの腕に片手を置いて、ゆっくりと広間を歩く。思考が鈍くなっていることも、目がとろりと落ちかけていることも、彼女自身は自覚していなかった。

傍目にもエジェリーが酔っているようには見えず、ただ王太子と聖女が仲睦《なかむつ》まじく広間を歩いていた姿が人々の目に映っただけだった。

エジェリーの意識が浮上したのは、日付が変わる直前だった。慣れないお酒を飲んで、疲労と緊張から酔いが早く回ってしまったらしい。頭がふわふわすると思ったら足がぐらついたのを覚えている。

舞踏会の会場をシリウスにエスコートされたまま退場したところで、記憶が途切れていた。もしかしなくても、睡魔に負けてそのまま眠ってしまったのだろう。

「なんて迷惑をかけちゃったの……」

目が覚めて、気持ち悪さがないのが救いだった。見覚えのない一室は、王城の客室だろうか。他国の王族や来賓客用の宮ではないことは確かだ。

薄暗い室内に、窓から月明かりが差し込んでいる。大人が三人は眠れるであろう天蓋《てんがい》付きのベッドに寝かされていたのには驚いたが、ゆっくりと上体を起こして、明かりをつけた。橙色の光がポッと室内を照らした。そのとき――。

「目が覚めましたか？」

「っ！　殿下」

突然声をかけられて、エジェリーはびくりと肩を震わせる。隣室に繋がる扉から現れた彼は、手でエジェリーの動きを制した。そのまま寝台にいるように言って、持って来た水差しを傾けてグラスに水を注ぐ。

「気分はどうですか？」

差し出された水を受け取ったエジェリーは、慌てて頭を下げた。

「ありがとうございます、大丈夫です。私、また殿下にご迷惑を」

「迷惑だなんて、そんなことはありません。お気になさらずに」

喉がひどく渇いていて、受け取ったグラスの水はすぐに飲み干してしまった。シリウスにもう一杯いるかと問われて、エジェリーは素直に頷く。

「あの、私、記憶が曖昧なのですが、なにか失態をしでかしてはいないでしょうか？」

かろうじて、平常心を保ったまま退場した記憶はあるが、あまり自信はない。

新たに水を注いだグラスをエジェリーに渡したシリウスは、安心させるように首を振る。

「顔色ひとつ変えずに歩いていましたよ。先に退場する旨を陛下に伝えるよう、伝言を頼んでおきましたのでご安心ください」

「そう、ですか」

ようやく安堵の息を吐き出し、グラスの水を半分ほど飲む。

喉が潤ったことで思考も鮮明になってきた。

（家族はみんなお酒に強いから、自分も大丈夫だと思って油断していたわ）

心の中で反省していると、手の中のグラスが消えた。視線で追いかければ、シリウスの手に渡ったことを知る。

それは、ことん、と音を立てて寝台脇のナイトテーブルに置かれた。

そこで何気なくシリウスに視線を合わせたエジェリーに、一瞬で緊張が走る。

美しく柔和な笑みは彼を完璧な王子に見せている。けれど、そのサファイア色の瞳には確かな翳りがあった。

仄暗《ほのぐら》い闇を秘めた瞳の奥には、強い感情が潜んでいるように見える。薄《うっす》らと笑みを浮かべているのに、目がまったく笑っていない。

ぞくっとした悪寒がエジェリーの背筋を走り、距離をとろうと僅かに身じろぎをした。

銀色のシリウスの髪が、さらりと揺れる。

美しく優美な獣が、獲物に狙いを定めたような獰猛《どうもう》さを孕《はら》み、次の瞬間にはエジェリーは寝台の天蓋を向いていた。

「さて、そろそろ本心を語り合いましょうか。エジェリー……それとも、イオ？」

「っ……!?」

ひゅっ、と思わず息を吸い込んだ。自分を見下ろすシリウスとの距離の近さに菫色の目を見開く。

寝台の上で仰向けに押し倒されている——。

自分の状況を把握し、咄嗟にシリウスの拘束から逃れるため身をよじる。

「逃がしませんよ？　もっとも、逃げられもしませんが」

睦言を囁くような甘い声が耳元で響いた。

両手首を耳の脇に固定され、エジェリーは眉をギュッとひそめる。引きつった喉から掠《かす》れた声を絞り出した。

「……どなたと、勘違いされているか、わかりませんが。私はエジェリーですわ、殿下。

人違いです。お離しください」

「あくまで人違いで通すつもりですか。まあ、それでも構いません。別人であるなら、その方が私にとっては喜ばしいかもしれません」

「どういう、意味、ですか……」

心臓がうるさく鳴り響く。鼓膜にまで自分の鼓動が届きそうだ。

高まる緊張感と緊迫した空気に、エジェリーは顔を強張らせたまま、視線を逸らせずにいた。圧倒的な存在感と、絡みつくシリウスの強い眼差しに、被食者の気分を味わわされる。

麗しく完璧な王太子は、仮の姿だったのだろうか。海の底を思わせる深い青の双眸が、エジェリーの心を暴くように射貫いている。

「私が惹かれているのは、エジェリーなのだと確信が持てますから。あとは自分のことさえわかればいい。制御できないほどあなたを強く欲するこの感情は、一体誰のものなのでしょうね……？」

自嘲《じちょう》めいた微笑に仄暗い感情が垣間見える。

シリウスが初めて見せた本音に、エジェリーは内心戸惑いを感じていた。

『一体誰の感情――』そう言う目の前の男こそ、誰なのだろう？

「私はね、エジェリー。生まれたときからずっと、とてもとても、渇いているのです」

シリウスが利き手の左手をそっとエジェリーから離し、彼女の頬を指先で撫でる。目の前にある存在が、幻ではないと確かめるように。ゆっくりと彼女の輪郭《りんかく》をなぞり、困惑に染まる菫色の瞳を見下ろしている。

シリウスは誰にも、両親にさえ聞かせたことのない秘密を語り始めた。

「私には物心がつく頃から、過去の記憶がありました。シリウスとして生まれる以前の、別人の記憶です。それは魂に刻まれた前世の自分だと納得していたので、これが自然なのだと思っていました。通常、過去生の記憶は覚えていないというのは、ある程度成長してから知りましたが。……記憶の中の私は、閉鎖的な村を統べる長の家系に生まれ、その役目を引き継ぎ、やがて一人の少女と出会いました」

静かに紡がれるシリウスの独白に、エジェリーは息を潜めて耳を傾ける。ドクン、と心臓が大きく跳ねた。自分が今どんな表情をしているのか、エジェリーにもわからない。

「生きる気力を失い、今にも死にそうな痩せっぽちの少女。彼女を自分の妹のように育て、そして最後の妻にした。……かつての私はね、エジェリー。世界で一番、その少女が好きで、大切で、大事な宝物だったんですよ」

「宝物……」

ぽろりと零れた言葉が脳に届くと、次第に沸々《ふつふつ》と理不尽な憤りが湧いてくる。

(ならば何故、あなたはそんな宝物を自分の手で壊したの)

殺す必要があったのか。あのまま生贄として捧げれば、まだイオだって悲しまずに済んだのに。雨乞いの儀式のために、村人を救うために、龍神の贄となって、あの崖から飛び降りる覚悟はあったが、大切な人の手で殺されることを彼女は望んでいなかった。

（――違う、この怒りは私のものじゃない）

勝手なことをと、目の前のシリウスに吐き出したくなる感情を必死に宥める。殺されたのは自分ではない、イオだ。

前世での出来事をエジェリーが怒っても意味がない。彼女はイオの記憶を断片的に受け継いではいても、イオの人格がエジェリーと融合しているわけではないのだから。

呼吸を整え、冷静さを取り戻す。まだシリウスの昔話は終わってはいない。

「今世の私は、あまり笑わない子供だったのです。感情の起伏が乏しく、よく言えば冷静沈着で、悪く言えば子供らしさのない冷めた目をしていたそうです。前世の記憶があったので、精神的な年齢が同年代の子供と違っていたのでしょう。遠いところを見つめる、不気味な子供と囁かれたこともありました」

常に柔和な微笑を浮かべている今のシリウスからは想像できない幼少時代。もっとも、エジェリーとは十も歳が離れているので、彼女がシリウスの幼少期を知るはずがない。

硬直するエジェリーの華奢な肩をそっと撫でて、シリウスはなおも続ける。

「とにかく飢餓感がひどかった。身体が満たされていないわけではありません。貧しく質素な暮らしをしていた前世の村と違い、この国は女神を信仰する豊饒の地。ましてや私は王族。必要なものはなんでも十分に与えられました。けれど心が常に渇いていた。この空虚な心を、前世の自分が生み出したものだと思いたくなくて、教師たちに与えられる課題をこなし、剣や武術も進んで身につけました。ですが飢えは満たされることなく成人し、八年後にあなたと出会った」

シリウスの手がエジェリーの首元の釦《ボタン》を外していく。鎖骨が露《あらわ》になると、首筋から鎖骨の窪《くぼ》みにまで指先を這《は》わせた。

ぞくりとした震えがエジェリーの背筋を駆ける。けれどエジェリーは身動きひとつできない。

「込み上げた感情は、歓喜。そして次に、それと同じくらいの苛立《いらだ》ち」

「苛立ち……？」

スッとシリウスが目を伏せると、彼の髪色と同じ色の睫毛が影を作る。その表情はどこか艶っぽく、危険な色香を孕んでいた。

「常に空虚で、動かされることのなかった心が、初めて満たされたのです。当然戸惑いだって湧くでしょう。だからこその苛立ちです。果たしてこの感情は、本当に〝私〟の感情なのだろうかと」

幼い頃から前世の記憶を持っていれば、彼の人格はユウリとシリウスが交ざっていてもおかしくはない。だがエジェリーの考えを察したのか、彼は緩く首を左右に振った。

「記憶はあっても、前世と同じ思考を持っているわけではありません。なのであなたに出会った当初、私はこれでも無関心を装っていたのですよ。あなたがイオの記憶を受け継いでいるのかもわかりませんし。前世に振り回されたくなかったので、極力関わらないでおこうと思っていたのです」

「人違い、と申し上げましたわ」

「ええ、そうでしたね」

まるで信じていないシリウスに、青白い顔を向ける。掠れて声が出ないのなら、せめて睨みつけるくらいはしたい。

実在していたかどうかも不明の村の、遠い時代の記憶。疎ましく感じていたのもシリウスの本音だろう。

「繰り返し過去の記憶を思い出しても、かつての私は不器用で愚かな男でした。悲劇を未然に防ぐことができず、村を捨てることもできず、挙句《あげく》最愛の女性をこの手で殺した」

「な、ぜ」

口許をほころばせたシリウスは、「さあ、何故でしょうね」と答えを濁す。その間も彼の手は止まることなく、ゆっくりと確実にエジェリーの肌を暴いていった。

外気に触れて肌が粟立つ。

聖女の象徴であった純白のドレスは中途半端に脱がされているが、不思議と淫《みだ》らさよりも芸術的な美しさが漂う。素肌が見え隠れしているのに、彼女はどこまでも清らかな存在だった。

「私にも私の心がわかりません。私が長年抱くこの渇きが、あなたにしか癒やせないのか。あなたに惹かれるのは私なのか。昼間の祭りでも、先ほどの舞踏会でも、あなたはレオンと仲睦まじく談笑し、彼に笑いかけていましたね。私は一度も、あんなふうに無邪気な笑顔を見せてもらったことがない。大好きな書物のことを語り合うときは心の距離も縮んだかと思いましたが、それ以外は常に緊張し、警戒している。あなたが私に苦手意識を抱いているのには、気づいていました」

「……っ」

壁を作って接していたことは本人に気づかれていたのだ。それだけで、彼を意識していると伝えているようなものなのに。

取り繕った笑顔は見破られていた。レオンや家族と再会し、笑い合う姿をシリウスは十分見ている。社交辞令の笑みと、大切な人に向ける笑み。後者には当然のごとく、シリウスは含まれていない。

「きっと、この感情を嫉妬《しっと》と呼ぶんでしょうね。そんなものを抱くほど、私はあなたに執着しているらしい。いっそのこと、あなたを名実ともに私のものにしてしまえば、自分の心の在処《ありか》もわかるのでしょうか？　……そう思ったのですよ」

シリウスが小型のナイフを取り出した一拍後。絹を裂く耳障りな音が鼓膜を震わせた。

「ッ！　――や、嫌……っ」

「動かないで、エジェリー。あなたの肌を傷つけてしまう」

刃物で衣服を切られる恐怖に、エジェリーの血の気が一瞬で引いていく。

ぱさりと切り裂かれた布の塊が、床に落とされた。外気に触れた肌からさらにエジェリーの体温が奪われる。

人形のようにただ呆然として見上げるエジェリーを、シリウスはうっとりと見つめた。

聖女のドレスの下から露になった彼女の肌は、白く美しい。同じ純白のシュミーズの肩紐《ひも》を、シリウスは躊躇《ちゅうちょ》なく掌でずらしていく。

カタカタと、エジェリーの身体が小刻みに震えた。尋常ではないシリウスの雰囲気を肌で感じ取る。もはや言葉では説得できそうになかった。

恋に憧れはあっても消極的で、慎ましやかな生活を送っていたエジェリーは、男女のことについてさほど知識はない。

だがそんな彼女でも王族へ嫁ぐ娘は生娘が条件で、王族によって純潔を散らされた少女はその男の花嫁にされることは知っていた。

王家の子種を宿している可能性のある身体は、もはや少女一人のものではないのだから。

（……このままだと、無理やり殿下の花嫁にされてしまう）

恐怖で声が出せない。

愛を囁くでもなく、こんな試される形で純潔を奪うなど、許されるはずがない。

エジェリーへの執着が、過去の彼の感情か今のシリウスのものなのか。心の在処を見定めるために、身体を繋げてしまえばいいなど、冗談ではない。エジェリーは、彼へのささやかな好意が、もろく崩れ去っていくのを感じた。

逃げなくては――。必死にそう思うのに、身体が先ほどの恐怖を覚えていて動けずにいる。服を切り裂いたナイフは床に落とされた。彼の手が届く範囲にはないのに、なにをされるかわからなくて、己の胸を両腕で抱き締める。

「エジェリー、私はあなたを傷つけたいわけではありません。……まあ、結果的にはあなたを傷つける行為をすることになりますが。大事にしたいのに、そう思うたびに、あなたがレオンに向けた笑顔が浮かぶのです。私には見せてくれなかったあの表情。もはやこうなってしまえば、あの笑顔を私に向けられる日は来ないのでしょうけれど」

悲しそうに眉尻を下げるシリウスは、震えるエジェリーに手を伸ばす。

「や、やめて……」

「あなたの唇は柔らかそうですね。零れる吐息をすべて喰らってしまいたくなる」

「どんなに優しくしても、あなたが私を好きになる日が来ないのなら、憎まれて嫌われることを選びます。私はもう、理性ではこの飢餓感を抑えられないのですから」

シリウスの目は本気だった。エジェリーを見つめてくる眼差しには、静かな熱が込められている。本能がむき出しになった彼の強い感情を向けられて、エジェリーは小さく息を呑んだ。堪えきれない怯えを見せると、シリウスがうっそりと嗤う。

「ああ、いけませんよ。そんなに怯えられたら、もっとひどいことをしたくなってしまう。私に向けるあなたの感情のすべてが、心の奥を疼かせるのですから」

「なにを言って……」

「きっとあなたにはわからないでしょうね。私がどれだけあなたを欲しているか。激しい嫉妬も独占欲も……。なにより私自身が、この気持ちがどこから生まれるのかわからない」

苦悩の滲む独白は紛れもない彼の本音なのだろう。

エジェリーは自分の制御がきかないほどなにかを強く欲しいと思ったことがない。そして誰かに激しく求められたことも初めてで、カタカタと身体が震えてしまう。

そんなエジェリーの様子に気づきつつ、一度寝台を下りたシリウスは、用意していた小瓶を持って戻って来た。橙色の光に照らされた小瓶は、色の判別が難しい。

エジェリーは恐怖の眼差しをシリウスに向けた。

「こうすればわかりやすいでしょうか」

彼は、ランプを消して、バルコニーに通じるカーテンを開いた。満月の青白い明かりが室内を照らす。目が柔らかな光に慣れると、彼が持つ小瓶の中身が綺麗な菫色であることがわかった。

「なに……」

不穏な気配を感じ取ったエジェリーは、シーツの上で後ずさる。しかし強張った身体はなかなか言うことをきいてくれない。四つん這いになり、寝台から下りようとするエジェリーを、シリウスがそのままうつ伏せに寝かせた。

「これも邪魔ですね」

するりと肩の紐が落とされて、膝上まであったシュミーズが頭から抜かれる。背中にあるビスチェ型の胸当ての紐も解かれ、素肌が暴かれていく。そっと背中に指を這わされると、背がびくりと反応した。

「ッ……！」

枕に顔を押し付けてエジェリーは小さな悲鳴を上げた。

けれどシリウスはそれに構うことなく寝台の上の小瓶を手に取り、少量を掌に垂らす。少し己の体温で温めた液体を、エジェリーの背中に塗りつけた。

「きゃあ……」

「先ほどの小瓶の中身です。口に含んでも人体に影響はありません。媚薬《びやく》としての効果は保証できますよ」

「び、やく……？」

言葉の意味が脳に届く。ぶわり、と感情が高まった。

聖女の証である純白の衣装を無残に切り裂かれ、媚薬だという液体は思い入れのある菫色だ。それはエジェリーの矜持を傷つけるに十分だった。

「初めての痛みを和らげるための媚薬です。違法なものではありません。王家に伝わるものですから、ご安心を」

「い、嫌……」

口ではそう言うものの、男の身体に押さえつけられては抵抗ができない。そのうちに丹念に塗り込まれていく。背中の皮膚が徐々に熱くなる。

「背中よりも粘膜《ねんまく》に直接擦りこんだ方が効果的なんですが」

背骨、肩甲骨、腰の窪みから、シリウスの手の感触がまざまざと伝わってくる。

外見は中性的であるのに、剣を扱う彼の手の感触は武人のものだ。

「エジェリー」

柔らかなテノールがエジェリーの鼓膜を震わせる。その声が夢の中で聞く人物と重なって、両耳を塞《ふさ》ぎたくなった。

「ん、ぅッ……！　んん」

しかし強引に横を向かされ、覆い被さってきたシリウスに呼吸を奪われる。ゆっくりと丹念に、美貌の男がエジェリーの唇に食らいついた。エジェリーは目を見開き、悲鳴を堪える。

無理な体勢に苦しさから眉をひそめると、唇が合わさったまま仰向けにされる。僅かな息継ぎの間に酸素を吸い込もうとするが、次の瞬間にはすぐにそれすら奪われている。

心の中で苦しみと拒絶の声を上げるが、口腔に侵入してきた彼の舌先に粘膜をこすられると、意識がそちらに向いてしまう。逃げれば執拗《しつよう》に追ってくる。上顎《あご》も下顎もざらりと舐《な》められ、捕食されている感触に全身の毛穴が開いた。

抵抗しなくてはと頭では思うのに、身体が命令を聞き入れてくれない。先ほどシリウスが破いた絹の音が、残響《ざんきょう》のように耳にこびりついている。

服を切り裂かれた恐怖、襲われている現状、そしてシリウスの独白。

一度にどっと衝撃が押し寄せたために、情報がうまく処理できない。思考も身体も動かせない。いっそのこと、これが悪い夢だったらいいのにと願ってしまう。

ぴちゃぴちゃと淫靡な水音が響く。初めてのキスの味も感触も、困惑と嫌悪しかない。

酸素が不足して、頭がうまく回らない。口の端から唾液が零れ、顎にまで伝い落ちた。

シリウスの唾液も意図的に流し込まれ、飲み込まされる。

こくりと喉が上下したのを確認し、彼は笑みを深めた。理解不能な思考と行動に、じわりとエジェリーの視界が潤んできた。

眦《まなじり》から雫《しずく》が頬に伝う。唇を離したシリウスは、その水滴をそっと指先で拭った。

「初々しい私の乙女」

甘さを孕んだうっとりとした声音で彼は囁く。情欲を灯した青色の双眸がエジェリーを見つめている。

真っ白いシーツの上に、彼女の淡い金色の髪が散らばった。穢れを知らぬ乙女の姿は、月明かりに照らされて神秘的な色香を漂わせている。白く滑らかな肌は肌理《きめ》が細かく、素肌を晒した上半身は乱れた呼吸を整えようと、胸が上下に動いていた。形のよい乳房の中心では薄く色づいた蕾が存在を主張している。

「あなたがもう少しお酒に弱ければ、こんなに恐怖を感じさせることもなかったのですがね」

その発言から、強い酒だと知っていてあえて飲ませたのだと悟った。なんの疑いもなく飲んだのは、実家である伯爵領で生産しているリンゴ酒だったから。口当たりもよくて飲みすぎてしまったのを今さら後悔しても遅い。

「っ、最低だわ」

「ええ、最低ですね」

わかっていてもなお、己の意志を貫こうとするシリウスに、怒りと恐怖と絶望の眼差しを向ける。

するとと、胸の谷間から臍《へそ》の窪みにかけて、とろりと菫色の液体が落とされた。一瞬ひやりとした冷たさを感じたが、すぐに体温と馴染んでいく。

「ふっ……！」

両手をシリウスの片手で頭上にまとめられる。もう片方の手で乳房の感触を確かめるように揉まれながら、媚薬を肌に擦りこまれた。赤く色づく胸の頂《いただき》に触れられると、意図せずエジェリーの口から甘い悲鳴が零れる。

「ゃ、ん」

自分の口から漏れた嬌声《きょうせい》が信じられなくて、エジェリーの顔は羞恥に赤く染まった。唇をぎゅっと噛みしめて、これ以上の痴態《ちたい》を見せないよう抵抗を示すが、おかまいなしに乳房を卑猥な形に変えられる。シリウスの手ですっぽり収まる大きさの胸を、彼は執拗に嬲《なぶ》っていく。

「やめ……でん、か」

「いやらしい眺めですね。ここがもうぷっくりとしていますよ」

キュッ、と色づいた実を指でつままれると、ビリビリとした痺れが駆け巡る。媚薬を塗られた胸とお腹が熱い。背中もシーツに触れているというのに、ぽかぽかと体温が高まっていく。

くにくにと胸の頂を親指ですり潰される。ぷっくり立ち上がった頂を見て、シリウスは愉悦を滲ませた。

「おいしそうな赤い実ですね……。それに思っていたとおり、ここに前世の傷痕が残っています」

エジェリーの左胸の付け根、心臓の真上を、ゆっくりとなぞられた。僅かに残る、引きつった傷の痕。それは前世で殺されたときに負った傷の名残《なごり》だった。

この傷痕がなければ、エジェリーはイオの生まれ変わりだと信じなかったかもしれない。

鳥肌が立つような感触に、エジェリーは歯を食いしばり耐えた。シリウスを睨みつけるが、痛ましげな表情でその傷痕をなぞる彼が、なにを感じているかなどわかるはずもない。

何度も指で傷痕を確かめた後、彼はチュウ、と音を立ててそこに吸い付いた。ちくりとした痛みに、エジェリーの顔はさらに歪んだ。

「いた……！」

「綺麗につきましたよ」

ついた、とはなんのことだろう。

仰向けになっているエジェリーには起き上がらないと確認できない。だが、慣れない刺激に翻弄《ほんろう》されて、思考がうまくまとまらない。

全身の体温が高まっていく。背中も胸も、お腹も熱い。じわじわと侵食され、制御のできない身体の異変に、自分がどうなってしまうのか。身体は熱いのにぶるりと背筋が震える。

自分が自分ではないなにかに作り変えられるような恐怖。未知の世界へ導く相手と信頼関係を築けていないなら、それはやはり恐怖でしかない。

（——怖い……！）

「も、やめてくだ……さ、殿下」

「諦めてください、エジェリー。その願いは、聞き入れてあげられません」

両手首の戒めは解かれていた。ナイフは床に転がっている。だが、このまま逃げることなどできそうにないし、外の兵士や侍従たちに助けを求めることもできそうにない。

エジェリーの根底にあるのは、十八年間で培ってきた常識だった。相手の身分と、伯爵家の立場と未来。家族の笑顔を奪う行為はしたくない。

すべてが複雑に絡み合い、エジェリーを雁字搦《がんじがら》めにする。

「最低、ひどい……」

こんな強硬手段を取らなければ、いつかエジェリーの気持ちは彼に向いていたかもしれない。それなのに、シリウスはもう待つことを諦めた。いや、十分待ったのか。

涙を流すエジェリーを見ても、シリウスが手を止めることはない。

それどころか、庇護欲と嗜虐《しぎゃく》心を誘うその愛らしい顔を見て、彼は彼女の下着に手をかけた。隠された秘所を覆う布の紐を、はらりとほどく。両側で結ばれたその紐は、あっけなく役目を放棄した。

　半分ほどにまで減った小瓶の中身をさらに減らし、シリウスはエジェリーの閉ざされた花弁へ手を伸ばす。

「ゃあッ……！」

「冷たかったですか？　ああ、でもすぐにドロドロに溶けますね」

　ゆっくりと丹念に、誰にも触れさせたことのない秘められた場所に触れられる。媚薬を纏った指がエジェリーの媚肉を左右に広げると、くちりと水音が響いた。

「少しは感じてくれていたのですね」と言われる意味も、エジェリーにはわからない。ただ粘着《ねんちゃく》質な音が媚薬の液体からではなくて、自分の身体が零したものだと思うと、羞恥心が増した。

　粘膜が直接媚薬を吸収していくのがわかる。粘膜に直接擦り込んだ方が効果的だという言葉どおり、すぐにエジェリーの呼吸が乱れ、下腹がずくんと疼く。シリウスが触れる指に神経が集中し、優しく撫でられるだけの刺激ではもどかしくて物足りなくなってきた。

　足りない、と思ってしまったことに、エジェリーは愕然とした。

（違う、私は殿下に抱かれることを望んでいない）

「効果的だというのは本当だったんですね。媚薬を塗ったあなたの秘所から、愛液がどんどん溢れてきますよ。もったいない」

指ですくっては、それを塗り広げていく。くちゅくちゅとした粘着質な音が耳に届き、エジェリーは首を左右に振った。乱れた柔らかな金の髪が、真っ白なシーツの上に広がる。

「媚薬には味がしないはずなので、この甘さはあなたの蜜の味ですね」

彼女の蜜で濡れた指を、シリウスは丹念に舐めとった。エジェリーの蜜と媚薬が混じっているだろうものを。

「だめ……そんな、こと……っ」

カッと頬が赤く染まるエジェリーを見下ろして、シリウスはうっとりと笑みを深めた。

「さあ、もっと感じて……」

「ん、ヤア……あぁ……っ！」

胸の熟れた果実にコリッと噛みつかれて嬌声が上がる。甘噛みだが、じくじくとした痛みが快楽へ変わる。

全身を電流が走り抜けていく。この感覚が感じるというものなら、もう十分なほど味わったというのに、まだシリウスは満足していないらしい。

「あなたはどこも美味しそうですね」

ふいに花芯を強く押しつぶされて、エジェリーは強制的に高みへと昇らされる。

「——ッ！」

声のない悲鳴が喉から発せられた。

薄らと色づいた喉がのけ反り、つま先までピンと伸びる。

媚薬の影響から僅かな刺激でも敏感に快楽を拾い上げてしまうのに、女性がひときわ感じる花芯を強く弄られ、身体の中にくすぶっていた熱が弾けた。

「ンアァ……ッ！」

白く塗りつぶされた思考の中で、エジェリーは茫然と呼吸を繰り返した。

上半身を露にしたシリウスは、身体をずらし膝を立たせたエジェリーの脚の間を陣取って、隠された秘所にふっと息を吹きかけた。

「ダメ……ッ、ぁあ、やぁ――――！」

敏感に反応を示すエジェリーを愛おしげに眺め、誰にも暴かれたことがないそこに顔を寄せる。

テラテラと光る愛液がシリウスを淫靡に誘う。媚薬は無色透明になって、彼女が零す蜜と一体化しているのだろう。

「こんなに溢れさせて……いい子ですね。……ん」

エジェリーは一瞬声を失った。股の間に人がいるのも十分異常な光景だ。だがその人物が信じられないところに顔を埋めて、あまつさえそこを舐めたのだ。自分の不浄なところを。

「いや……っ！」

咄嗟に這い上がろうとしたが、がっちり太ももを固定されて逃げられない。恐怖に震えても、身体は確実に快楽を拾い上げる。

じゅるりと、シリウスが零れ落ちる愛液を吸い取った。ちゅくりという水音と、柔らかな肉厚の感触。舌が狭い蜜口にねじ込まれたらしい。

入り口をくちくちと舌先で愛撫され、陰核を指で容赦なく攻められる。二重の責め苦に、エジェリーはひときわ大きく喘《あえ》いだ。

「んあ……っ、ぁあ、ああ――……！」

腰が跳ねる。身体が熱い。自分の身体のコントロールが利かないことがこれほどまでに恐ろしいとは。嫌なのに、身体は心と真逆の反応を見せる。

「ええ、もっとお啼きなさい」

太ももの薄い皮膚に口づけられた。チクリとした痛みを感じ、顔を一瞬顰める。鮮やかな所有の証がついたのだろう。それからシリウスは白い肌にしつこいほど華を散らし始めた。彼の執着が垣間見え、ぞくりと背筋に汗が伝う。

「理性など吹き飛ばしてしまいなさい。快楽に身を委ねればいい。自分が何者であるかわからなくなれば、きっと私の狂った感情も少しは理解できるでしょう」

毒を含んだ甘い囁きを落とし、シリウスはエジェリーの狭い蜜壺につぷりと指を侵入させた。エジェリーの呼吸がさらに乱れる。

「んんっ……、あん、ヤァ……、ンッ」

だが指では足りない。もっと質量のあるものが欲しい――。

媚薬に侵された身体が、欲望に忠実になっていく。一瞬よぎった思考が信じられなくて、エジェリーは必死に頭を振った。

「狭いですね……。熱くて絡みついてくる」

吐息混じりの声が艶めかしい。吐き出す息に彼の興奮が交じっている。

入り口を浅く抜き差ししていたシリウスの指の第一関節が、内壁をざらりとこする。

「ぁあ……ッ！」

心に反して甘い声が零れた。

シリウスは秘所を弄りながら胸を愛撫するのも忘れてはいない。身体中に華を散らすことも。

（熱い……。もっと、かき混ぜて……！）

嫌なのに、身体が言うことを聞かない。下半身の疼きが増して止まらないのだ。自分ですら弄ったことのない蜜壺に他者の指が侵入して、淫靡な音を奏でている。自分の身体が楽器にでもなったみたいだ。

「んぅ、やぁ、ああ――、ああん……ッ！」

「ここが感じるのですね」

涙を滲ませ、いやいやと顔を振る。もうこれ以上はやめて解放して欲しい。

それなのに、身体はさらに貪欲に快楽を求めている。もはやエジェリーの思考は正常に働かない。

指を増やされ、徐々に狭い膣道が広がっていく。

ピリッとした痛みや違和感はすぐになくなり、気づけば三本の指を咥え込んでいた。最初は一本でも苦しかったのに、蜜は乾くことなくエジェリーの中を潤し、彼女の意思に反してシリウスを受け入れようとしている。

身体の制御がきかない、わからない。呼吸が乱れて、鼓動が激しい。

愛液はとめどなく溢れ、シーツにシミを作っていた。

エジェリーの白く肉感的な太ももに、シリウスが強く吸い付いた。チリッとした痛みすら甘い痺れに変わり、もはやこの行為がなにを意味するのかも考えられなくなる。

「あなたの身体に、たくさん赤い華を散らしたい――」

快楽に落ちかけたエジェリーを見て、シリウスはさらに大胆に彼女の中を蹂躙《じゅうりん》する。

「もっと乱れればいい。私だけをその瞳に宿し、誰に抱かれているのかをはっきりと目にも身体にも焼き付けてしまいなさい」

シリウスはエジェリーの両脚を抱え直し、とろとろに蕩《とろ》けた秘所に己の楔《くさび》をあてがった。

指よりも熱く、圧倒的な質量のなにかを感じ、エジェリーの思考から一瞬霞が消えた。わけもわからず流され上気していた頬が、さっと青ざめる。

「だめ、や、めて……お願い……いやです、殿下……っ」

「ああ、とてもいい顔ですね。その顔が私を残酷なまでに狂わせるのですよ?」

性器同士がこすれ合う、得も言われぬ感触に、身体がぶるりと期待に震えた。同時に、心が恐ろしさで震え上がる。

これ以上はダメだ。今ならまだ間に合う。

もし本当にこのまま純潔を失えば、エジェリーには逃げ場がない。

「……め、ダメです……っ、それだけは……!」

「拒絶の言葉は受け付けません」

(ひどい――!)

一瞬の怒りは、それを凌駕する激痛によって霧散した。

ずずっ、とシリウスの腰が強引に押し進められた。愛液を流す蜜壺に、ゆっくりとシリウスの雄が侵入してくる。

「イ、アァッ――!」

指で広げられていたとはいえ、エジェリーの中はまだ硬い。隘路を無理やり力で開通させられ、エジェリーは声にならない悲鳴を上げた。

「――……っ！」

呼吸が止まる。息ができない。

身体の中心を串刺しにされた衝撃に、声すら上げられない。酸素を求めて口をハクハクと開閉させるが、身体は待ち望んでいたものを歓迎している。

そんな彼女に、シリウスは宥めるような声をかけてくる。

「ちゃんと呼吸してください、エジェリー。あまり、締め付けないで……」

はあ、と零れるシリウスの吐息が艶めかしい。見れば彼の額には、汗がじんわりと浮かんでいる。

一糸纏わぬ姿で自分の上にのしかかる男は、芸術品のように美しい。けれどなにかに堪えるように眉根を寄せるその表情は人間くさくも見えた。

「力を入れたら、あなたが辛い」

そんなことを言われても、どうしたらいいのかわからない。エジェリーは強制的に快楽を味わわされているのだ。

「イヤぁ……やめ、て――」

シリウスは、涙を零すエジェリーの頬を撫で、彼女の額にキスを落とした。まるで本物の恋人同士のような気遣いを見せる彼を、心底憎らしく思った。

溢れる涙が止まらない。エジェリーは子供のように嗚咽を漏らし、完全に快楽に落ちてしまう前に、懇願した。

「おねが……っ、抜いて、抜いてぇ……」

「できません」

きっぱりと断られる。容赦のない拒絶に、言葉を失う。

身体から僅かに力が抜けた隙に、ずずっと熱い屹立を押し込まれた。破瓜の痛みが強い快感を生み、彼女は今度こそ悲鳴を上げた。

「アア――！　や、ちが、ダメ……も、やめてユウリ様……！」

「――ッ！」

ほぼ無意識に叫んだ声は、シリウスの理性を吹き飛ばすのには十分だった。

「違います、あなたを抱いているのはシリウスです。ユウリなんていう男ではありません！」

まだ挿入途中の杭《くい》を、彼は一気に最奥まで押し込んだ。

「――ッ!?」

そのあまりの衝撃に、エジェリーは目を見開き、大きく身体を反らす。

シリウスは強い力でエジェリーの細い腰を掴み、抽挿を開始した。

「あなたを抱いている男はユウリではありません。さあ、私の名前を呼んで」

「ン、ヤア……だめ、……ァアアッ」

「エジェリー、私の、名は？」

問われながら、奥を穿《うが》たれる。きっとエジェリーが答えるまでシリウスは彼女を攻め続ける。

口から漏れる嬌声を呑み込んで、エジェリーは震えた声を出す。

「シ……、リウス……殿下」

エジェリーを見下ろすシリウスの目は、満足げに細められた。望んだ通りの答えが聞けて、彼のなかのなにかが満たされたのだろう。

けれど、大人の仲間入りを果たしたばかりの初心《うぶ》な少女を、彼は容赦なく蹂躙する。

「ッ、ぁあ……、んくぅ、ひゃあ……、んああっ！」

「あなたの前世が誰であろうと、関係ない。私はあなたが欲しかった。あなたは私の……っ」

「ぁあ、ああん――ッ、アア……！」

ズチュ、グチュン。激しい水音が室内に木霊《こだま》する。

奥を穿たれ、エジェリーは苦しさに喘ぎ、絶望した。痛みが快楽に強制変換され、身体が浅ましくもシリウスの雄を受け入れて歓喜している。

薬の影響からなのか、破瓜の痛みが少ないことだけは救いだが、それでも僅かに残された理性は叫んでいた。

なんという失態を、と。

（私、殿下のことをユウリ様って……！）

彼がエジェリーにかまをかけてきたことはあったが、お互い決して前世の名前を明かすことはしなかった。シリウスを見てユウリと言ったのなら、彼がユウリの生まれ変わりだと知っていることを示す。もちろん、エジェリーに前世の記憶があることも。

「私はあなたが――今、私の目の前にいるエジェリーが欲しい」

じゅぶじゅぶと激しく腰を律動させながら、甘く艶めいた声が落ちて来る。脚を抱え直し、結合部分を見せつけるように串刺しにするシリウスは、凄絶《せいぜつ》なほどに色っぽく、けれどどこか泣き笑いのような顔をしていた。

「ちが、んぁ、あっ、ああッ……！」

「あなたは、私の花嫁――」

否定したいのに、漏れるのは苦痛の呻きか、快楽の喘ぎのみ。

じわじわと押し寄せてくるのは、痛み以外のなにか。その白い波を、エジェリーは拒絶する。

「ヤッ――、やめ、殿下……、ん、ぁア」

これ以上は、狂ってしまう。

唾液で濡れていた彼女の唇は、今も艶めかしく色づいている。シリウスは繋がったままぐっと上体を倒し、噛みつくように口づけた。

「んッ、ふぁん……！」

先ほどよりももっと熱く深く貪《むさぼ》られる。お互いの体温が上がったからかもしれない。絡みつく舌の熱さにエジェリーは抵抗もできなかった。

ぴちゃぴちゃと響く唾液の音に、グチュンズチュンと接合部から奏でられる粘着質な水音。口も耳もすべてが犯されている。そうはっきり思い知らされたが、思考はもはや本能的な欲望に従順だった。

やわやわと官能を高める手つきで胸を揉まれ、頂を指で弾かれ、逃れようとする腰は未だに繋がったまま、次第に抽挿を速められる。

逃れられないなにかが彼女を襲う。理性も意識もすべてを奪う高波に呑み込まれる。

「やっと、見つけた……私の心。私はエジェリーが欲しい。ユウリにも、他の誰にも渡さない。私だけのエジェリー。あなたが何者でも愛しています」

「っ……あん、ぁあ、ひゃあん……！」

言葉の意味も、今のエジェリーには届かない。

唇が離され、子宮口を遠慮なく刺激される。先ほどまで拒んでいた狭い膣道は、今は難なくシリウスの雄を呑み込んでいる。

この男にだけは、「愛してる」なんて言われたくない——。

霞む意識の中、エジェリーは彼の愛を拒絶する。

愛は人を狂わせる。ユウリがイオを殺したように。

殺したくなるほど誰かを愛し、執着する男の情なんて、一生わかりたくも知りたくもないのだ。

薄れゆく意識の中で、エジェリーは涙を零した。口からは甘い嬌声が絶え間なく漏れて彼を愉《たの》しませる。娼婦のような艶めいた声を上げながら、男の欲望を受け止める自分は、もはや無垢な聖女なんかではない。

本能で悟っていた警戒心を、最後まで緩めるべきではなかったのだ。

「はぁ……っ、エジェリー……、愛しています。あなたの中に私を……」

呪いの言葉を耳元で囁かれ、終わりが近いことを知る。子宮めがけて勢いよく放たれた精が、身体の奥深くにじわりと広がった。

胎内が熱い。そしてその熱さは、エジェリーを絶望という名の淵に沈めていく。

「もう、逃がしません」

その言葉を聞いたのを最後に、彼女は意識を手放した。

Ⅴ．望まない婚約

——あ、まただ……。

少女は胸の奥でちくりと刺さる棘に、気づかないフリをした。

時に兄と慕い、長としても敬愛しているユウリの隣には、美しい女人がいる。その女は、イオが拾われてから一年後に正妻として迎えられた。

凛とした美しい女性。意志の強そうな眼差しは、常に光で満ちている。

二人は美男美女と囃《はや》し立てられるほど、お似合いだった。

養女として育てられていたイオだが、十を越えた頃から下働きとして屋敷に仕えていた。時折正妻を見かけることはあったが、いつも俯いて目線を合わせない。目上の者から声をかけられるまでは、顔を上げてはいけないのだ。

彼女がイオを面白くないと感じていたことは肌で感じていた。時折視界に入ったイオに、彼女は冷たい視線を浴びせるのだ。だが表だってなにかされたわけでもない。立場の弱い拾われた少女は、ただ黙ってやり過ごすしかなかった。

……これは嫉妬だ。女の嫉妬が、自分に注がれている。

誰に対しても平等に声をかけるユウリに、正妻は恋い焦がれていた。仲睦まじく見えるが、女は満足していないらしい。

間もなくして、ユウリはもう一人、妻を娶った。村長の妻は最低でも二人娶るよう義務付けられている。そして妻たちを、彼は平等に愛しているように見えた。

そんな姿を見るのが嫌で、イオは次第にユウリを避けるようになった。言葉を交わすことも一段と減った。正直に言えば寂しい。だが、彼の妻に目を付けられるのも怖い。

――養女といっても自分は家族じゃない、使用人なんだ。立場を弁《わきま》えなくては。

だからたとえ二人きりになって話しかけられたとしても、イオはもう昔のように『ユウリ様』と無邪気に名前を呼ぶことはしなかった。他人行儀に『長様』と呼ぶ彼女に、彼は訝しげな顔をする。

『二人きりのときの約束を反故《ほご》にするのかい？』

『どこで誰が聞いているかわかりませんから』

最低限の会話を交わしただけで去ろうとするイオに、ユウリは告げた。

『お前が誰にも遠慮する必要のない立場になったら、私を名で呼んでくれるのか』

どこか切なげに尋ねられ、イオは咄嗟《とっさ》に俯き、頷いていた。それがどういう意味なのか、はっきりと理解しないまま。

その会話があった日からさらに一年後。村の長は三番目の妻を迎えた。まだ稚《いとけな》い少女だった。

『さぁ、イオ。私の名を呼んでおくれ』

愛おしさの滲む声で請われれば、拒否することは難しい。

いいのだろうかと何度も躊躇う少女に、夫は再度催促した。

『イオ、ここには私とお前だけしかいない』

視線を彷徨わせ、口を開閉し、ようやく彼女は名を呼んだ。

『ユウリ様……』

己の名を呼ばれた男は、蕩けるような慈しむ眼差しで、幼妻を見つめた。

『ああ、もっとだ。これからもっと、お前の声で私の名を呼んでおくれ』

甘い声で囁かれた少女は、ぎこちなく頷いた。緩やかに拘束される腕も体温も、すべてが近くて嬉しい。

彼が何故イオを妻に迎えたのか。己の名を呼んで欲しいだけだったのか。

それは誰にもわからなかった。

◆
◇
◆

アイゼンベルグの王都は常に活気に溢れている。大通りは商人たちが行き交い、道沿いに並ぶ店は商人以外にも、観光客やその町の住人たちで賑わっていた。少し先の港町に行けば、貿易が盛んなこの国らしく、外国からの珍しい輸入品がずらりと並べられている。輸入品ばかりではない。この国は魚介類も新鮮で、純度の高い塩も海沿いの町で精製されており、それらは町の特産品になっていた。

そんな栄《さか》えた国の王城では、侍女たちだけでなく、国王や王妃も落ち着かない様子だった。豊穣祭が終わり、王城に滞在していた国内外の貴族や王族がそれぞれの地に帰還したのだから、城内も落ち着きを取り戻しているはずなのに。

その原因は、城の一角に王太子が連れ込んだ元聖女の存在だった。

「――いい歳をして誰も娶ろうとせぬから、心配しておったのだぞ」

ぼやく国王にシリウスは微笑を返す。

「父上が彼女を聖女に認定しなければ、もっと早く捕まえていたのですよ？」

「お前の想い人がエジェリーであるとは明かさなかっただろう。てっきり女子《おなご》には興味がないのかと……。それで？　彼女はまだ床に臥せっているのか」

不自然に咳払いをし、国王は心の引き出しにしまっていた本心をごまかした。シリウスが聞き逃すはずはないが、彼は父親相手にも笑顔のまま、思考を覗かせない。すべてをその柔らかな表情で隠している。

「ええ、だいぶよくなってきましたが、まだ万全ではないかと」

舞踏会が終わった直後、それまでの疲労が一気に出てしまい、エジェリーは体調を崩して寝込んだことにされていた。

城の敷地にある離宮に彼女の部屋が設けられている。限られた人間しかそこに行くことは叶わない。人の出入りが限られている分安全性も高まる。つまり誰かに邪魔をされる確率が低いとも言えた。

エジェリーの純潔を無理やり奪って約一週間、彼女は熱を出して寝込んでしまっていたが、そろそろ回復に向かっている。

「そうか……。ベルガス伯爵から文が届いている。婚約も発表されていない娘が、いつまでも王城に留まるというのは体裁が悪いとな」

「伯爵には既に結婚の許しを得ていますし、先日の舞踏会で公表したも同然と思いますが」

「だが、当の本人にはまだ了承を得ていないのだろう?」

「あと一歩といったところでしょうか」

飄々《ひょうひょう》と答えるシリウスに、国王は嘆息する。外堀を埋めて逃げられなくし、城を攻め落とすやり方は誰に似たのやら。救いはエジェリーもシリウスのことを憎からず思っているだろうことだ。どこかぎこちなさはあるが、照れ隠しと言われれば納得できる。

エジェリー本人には知らせていないが、彼女が聖女だった頃から、婚約話は内密に進んでいた。当然、エジェリーの父、ベルガス伯爵の了承は得ている。エジェリーには成人後にこのことを伝えるはずだった。

浮ついた噂ひとつ流れない王太子は、誠実で真面目、加えて温厚であると評判だ。若い娘たちにとって、理想の男性には違いない。しかし彼は王太子だ。嫁がせた娘は王妃になる。エジェリーの父も初めは渋っていたが、シリウスの真摯《しんし》な説得に折れた。ただし、娘の心を射止めればという条件を設けていた。

貴族の中では珍しいほど、ベルガス伯爵には出世欲がない。娘を王妃にすれば、権力が手に入ると考える輩が多いが、彼は政治に介入するつもりはないらしい。

欲の塊も厄介だが、娘の幸せを純粋に願う親もまた厄介だ。シリウスは既に彼女の純潔を散らし、無理やり奪った後。エジェリーの心を手に入れてから求婚するという約束は、初めの段階で破られている。

シリウスにも良心がないわけではない。少なからず、裏切ることになったベルガス伯爵には申し訳ないと思っている。しかしそのことを謝るつもりも、バカ正直に真実を告げるつもりもなかった。

嘘は真にすればいいだけ。今は自分を憎んでいる彼女に、結婚式までに「好き」と言わせればいい。それで万事がうまくいく。

「未来の娘には早く回復してもらわなければな」

「医師からも診断書が出ています。熱も下がりましたし、もう少しすれば歩けるようにもなるだろうと報告を受けていますよ」

「回復と言えば、お前は最近眠れているのか？　侍従から、お前の睡眠が足りていないのではないかと相談があったが……」

「問題ありません。むしろ最近の方が眠れていますよ。エジェリーの存在を近くに感じるだけでやすらぐようなのです」

そうかと頷いた国王を見て、シリウスはにっこりと笑った。

国王にはこの後に予定があったため、シリウスは謁見の間を辞した。その足で向かう先は離宮だ。まだ山ほど豊穣祭の事後処理が残っているのでなかなか時間が取れず、顔を見る程度の時間しかエジェリーには会えていない。ほんの少し空いた時間に、彼女の様子を見に行く。

離宮は奥へ進めば進むほど人気がなくなる。だからといって警備が杜撰《ずさん》というわけではない。エジェリーの目には入らないところで彼女の安全は守られていた。

後宮がないこの国は、代々この離宮に王太子妃が住む習わしだ。元々は数世代前の王の寵妃のための建物だったが、その後の王は正妃しかもたなかったために王太子とその妃が暮らす宮として、使われることになったのだ。

十も年下の少女に夢中な男と王城内で呆れた噂が広まるかもしれない。だがそんなことに頓着しないシリウスは、彼女との未来を思い描いて愉悦の滲む笑みを浮かべた。

◆
◇
◆

目が覚めると、そこは見慣れた白い壁の部屋ではなかった。

淡いクリーム色の壁に、小花が可愛らしく刺繍《ししゅう》されたベッドカバー。天蓋付きのベッドの柱は真鍮で作られており、家具はすべて白色で、精緻なデザインは華美すぎずエジェリー好みだ。

ここはどこだろう？　起き上がったエジェリーは、ぼんやりと頭を動かした。

頭がズキズキと痛む。ベッドから下りようとしたが、身体の節々が悲鳴を上げていた。寝過ぎたときの倦怠《けんたい》感とは違う身体の怠《だる》さと痛み。徐々に思考が鮮明になるにつれ、エジェリーは血の気が引いていく。

「……っ！」

咄嗟に手で口を押さえて、悲鳴を堪える。蘇る記憶に言葉を失った。

身体の痛みは彼と交わった証だ。普段使うことがなかった身体の部位が、じくじくと熱を持っている。

（私、ユウリ様……、違う、殿下に純潔を……！）

血の気を失ったエジェリーは、ベッドに腰かけたまま己の纏う服に目を留めた。薄ピンク色の可愛らしい寝間着は、フリルとレースがふんだんに使われた高級品だった。生地はシルクのように軽く滑らかだがしっかりと汗を吸い取っているようで、肌はさらりとしている。

もちろんエジェリーの持ち物ではない。そしてこの部屋に心当たりもない。記憶の中の部屋とは異なる少女趣味の部屋。実家の自室でないなら考えられることはひとつしかない。

「王城内の部屋……？」

無理やり身体を開かれたのは、シリウスの寝室だったはずだ。どうやら、意識がない間に別室に移動させられていたらしい。

頭がふらつき、ぐらりと身体が傾いだ。節々が痛むのはシリウスに乱暴された以外にも理由がありそうだ。額に手を当てて熱を測る。

「熱い……。もしかして風邪？」

頭がひどくぼんやりする。なにも考えずに眠ってしまいたい。

意識が再び遠のき始めた直後、コンコンと扉がノックされた。入って来たのは、城のお仕着せに身を包んだ若い侍女だった。

「エジェリー様、お加減はいかがですか？」

三日間高熱でうなされていたと聞き驚いた。風邪などほとんどひかないが、今回は精神的な疲労もあったのだろう。珍しく寝込んでしまったらしい。

難しいことを考えると、頭まで痛くなる。

水分補給をし、エジェリーは再び眠りに落ちた。


熱が下がり、ようやく体力も回復したのがこの離宮に連れて来られて一週間目のことだった。エジェリーは、自分の世話をしてくれている侍女にこれまでの経緯を尋ねた。

けれど侍女は、申し訳ないと首を横に振るばかりで、事情はすべて殿下に尋ねるよう告げてきた。

「そう。でもお忙しい殿下にお聞きするのも申し訳ないわ」

「そんなことはありません。殿下はお忙しい公務の合間に、エジェリー様の様子をたびたび窺いにいらっしゃいます」

侍女が言うには、シリウスは日に二度はエジェリーに会いに来ているらしい。そう説明され、ただただ驚いた。

別に会いたいわけではない。むしろ会いたくないと言った方が正しい。

やめてと懇願する女を蹂躙し、自分の純潔を無理やり奪った男だ。あの記憶が蘇るたび、身震いしてしまう。

それを寒さで震えていると勘違いした侍女はストールを持ってきた。そして励ましの言葉をかけてくる。

「不安にならずとも大丈夫ですわ。殿下はエジェリー様一筋です」

「え？」

邪気のない発言に、エジェリーは目を瞬かせた。

「殿下はエジェリー様を大切に思っていらっしゃいますよ。これまで殿下は自分のお部屋に誰かを招き入れたことは一度もございません。ましてやこの離宮になど」

「待って、ここはなんなの？」

「ここは、王太子様がご結婚なさった後、王太子妃様とお過ごしになる宮です。エジェリー様はまだご結婚はされていませんが、ご婚約されていらっしゃるのですから、遠慮は無用ですよ」

この離宮の役割を聞き、エジェリーは卒倒しそうになった。知らない間に婚約者として自分が紹介されていることに頭がまっ白になる。

（それはお父様もお母様も了承済みってこと……？）

伯爵家の末娘が王太子妃になるのは、身分的には問題ない。彼女の父、ベルガス伯爵は国政に口を出すような人間でないため、政敵もいない。伯爵領は特別広大でもないし、裕福でもないが、それなりに古い歴史のある家だ。血筋が王族との婚姻を阻む理由にはならない。

その上エジェリーは元聖女。聖女を娶った家は、繁栄すると言われている。もちろん王家も同じこと。

なんという皮肉だろう。前世は身分差のせいでイオは苦しんだというのに。それとも、過去の人生で得られなかったものを女神が与えてくれているとでもいうのか。

確かにエジェリーは家族の愛に恵まれたし、かつての夫と再会できた。そして、結ばれた。

——そう、結ばれた。身の内に彼を、彼の子種を受け入れた。

温かい紅茶をすぐに用意すると言い、侍女は部屋を出て行った。残されたエジェリーは、肩にかけたストールを片手でギュッと握ったまま、目に涙を浮かべる。

「どうしよう、とんでもないことだわ……」

妊娠しているかもしれない可能性にようやく気づく。一度で妊娠する確率が低いのはわかっているが、可能性がないとも限らない。

「私が妊娠？　殿下の子供を？」

想像もしていなかった状況に、どう考えていいかわからない。

そもそも、王太子妃になりいずれは王の妃として隣に立つなど、そんな覚悟は自分にはないのだ。

「イヤ……、怖い、怖いわ！　お兄様、お姉様助けて……！」

つい先日会ったばかりの兄のローラントと、第一子を妊娠中の姉のツェツィーリエに助けを求める。想い合う人との子供を妊娠している姉は、きっと今まで見たこともないほど幸せに満ちているのだろう。

母親になる女性は、本来ならそうであるはずだ。けれどシリウスに暴行を受けたエジェリーには、喜ばしいこととは思えなかった。

ふいに、夢の残像が蘇る。ユウリ様、と遠慮がちに彼を慕っていた幼い少女。

胸に込み上げるのは喜びと同じくらいの切なさだ。夢の中の少女は、大好きな人の傍にいられれば幸せだと笑っていた。少女を愛しそうに見下ろす漆黒の瞳の主も、同じ気持ちだったのだろう。

「どうしてこんなに切ないの」

当事者ではないのに、感情は伝わって来る。まるで物語を読みながら、主人公に感情移入してしまっているかのようだ。嫌いな一面だけしか知らなければ憎しみをぶつけられるのに、優しい記憶まで蘇ってしまったらエジェリーはますます混乱してしまう。

（ユウリはなにを考えていたの？　シリウス様はどうして……）

何故という疑問の答えは見つからない。そのうちに扉が小さく叩かれた。お茶の支度ができたのかと振り向くと、そこには一週間ぶりに会う王太子の姿があった。

「エジェリー、具合はいかがですか？」

変わらない笑み、柔らかな口調、深いサファイアの瞳。

彼は蕩けるような眼差しでエジェリーを見つめ、静かに微笑む。

吸い込まれそうな青の双眸を直視したエジェリーは、はっと気を引き締めた。

言いたいことも聞きたいこともたくさんある。それなのに、うまく整理ができていない。

「……ごきげんよう、殿下。熱はだいぶ下がってよくなりましたわ」

感情を抑えた声で、訊かれた質問にひとまず答える。しかし、「それはよかった」と安堵する彼の方こそ、よく見れば疲労が滲んでいるように見える。目の下には薄らと隈《くま》があった。

あまり眠れていないのかもしれない。だが、そんなことを心配する筋合いはないと、思考を打ち消した。

寝台に座る彼女の近くまでシリウスが近づいてくる。

今日は騎士団の制服ではない。品のいい落ち着いた色合いのジャケットにトラウザーズ。政務中はあまり堅苦しい服を好まないのだろう。

「エジェリー？」

意識がはっと戻った。気がつけば、寝台に腰かけたシリウスに緩く抱き締められていた。鼻腔をくすぐる爽やかな香り。柑橘系のようで少し違う、彼の纏う複雑な香りは、シリウスの性格そのものに思えた。

誰もが憧れる完璧な王子様。それも彼の一部だが、全部ではない。

「お放しください」

寝台の上で身をよじり抵抗するエジェリーを、シリウスはさらにきつく抱き締める。

エジェリーの背筋に寒気が走った。無理やり純潔を奪われた記憶は、身体がしっかりと覚えている。かたかたと小刻みに揺れる震えが止まらない。

「怯えないで、エジェリー。あなたを傷つけたいわけではないのです」

懇願する声が頭上から降る。しかしその直後、彼はこう続けた。

「ですが、先日のことは謝りません。あなたの純潔を奪ったことは後悔していません」

「な……っ、にを……！」

許されないことをしたのに謝らない。後悔もしていない。エジェリーは言葉を失った。

沸々と怒りが湧いてくる。

「同意もなく無理やり犯したのですよ!? 私は嫌だと何度も言ったのに！ 謝らないですって？ 後悔してないから？ そんなの、冗談じゃないわ！」

ドンッ、と強くシリウスの胸を押し返した。感情が昂《たか》ぶり、涙が出てくる。病み上がりの身体で大きな声を出したため、気管が刺激される。渇いた喉がひりひりして、しばらく咳き込んだ。

「大丈夫ですか？」

シリウスはそんなエジェリーの背中を擦って労る。

（なんて最低で、残酷な男……）

いっそ乱暴に扱ってくれれば憎めるのに。

「あなたは前世に惑わされているだけなのよ。私はイオじゃない、だからもう解放して」

前世に惑わされているのはエジェリーも同じだ。

殺された瞬間が脳に残っている。だがイオが幸せを感じていた記憶も、魂に刻まれていた。生贄に選ばれた哀しさと絶望を抱きつつも、役に立てるのならと村の犠牲を受け入れた少女。愛しい相手に殺されるその最後の瞬間まで、もう鮮明に思い出せる。

（こんな記憶も、いらないのに――！）

かき回さないで、心を乱さないで。私はエジェリーなのだと、呪文を唱えようとしても、荒ぶる感情は鎮まらない。

（やっぱり信頼なんて寄せてはいけなかった）

微笑みを消し、じっと押し黙るシリウスが憎らしく腹立たしい。傷ついているのは自分の方なのに、何故彼の方が苦しそうに見えるのか。

「私は忘れたいの、いらないの。前世のことなんて知りたくもない。私はイオじゃない、エジェリーよ。かつてあなたの妻だったとしても、私は今世ではあなたを選ばない」

「……選択肢は、あなたにはありませんよ」

彼の声から色が消えた。表情が消え、神秘的な青色の目がすっと細められる。心の奥底まで見透かすような眼差しに、エジェリーの身体が一瞬で竦んだ。

シリウスはその繊細な指で、エジェリーの下腹部をつーっとなぞった。ドキッと心臓が大きく跳ねる。

「ここに、私の種が既に宿っているかもしれません。王族の、しかも王太子の子を身ごもった可能性のある女性を、王家が放っておくと思いますか？」

「……ッ！」

忌々しげに、エジェリーはシリウスを睨みつけた。

「既成事実を作って逃げ道を奪うなんて、最低だわ」

「ええ、おっしゃる通りです」

彼はあっさり認め、冷笑した。薄らと浮かべる笑みは、あの夜見た危険な香りを思わせる。

腹の底でくすぶっていた怒りが一瞬でかき消された。代わりにひやりとした冷水を浴びせられた気分になる。

「卑怯で最低な男だと、私自身も自覚していますよ。あなたに罵《のの》しられ嫌われる覚悟もできている。それでも、私は自分の心に気づいてしまった。エジェリーが欲しいのだと。あなたを手に入れるためならなんでもするのです」

「身体を奪っても、私の心は奪えないわ」

早鐘を打つ心臓が苦しい。逃げ出したい衝動に駆られるのに、身体がまったく動かない。

「そうですね、それだけのことをしたのですから」

再度抱きすくめられる。ぬくもりを共有するはずの抱擁は、逆にエジェリーの身体から体温を奪っていく。

「私は二度と、あなたを傷つけることはしないと約束します。あなたが私の傍から離れない限り、私の愛はあなただけに注ぐと」

甘い吐息が耳元に吹きかけられる。愛の言葉をかけられているはずなのに、心は熱くなるどころか急激に冷えていく。髪を梳かれる手も氷のように冷たく感じた。

「婚約って、どういうことですか？」

ようやく発した声は、掠れている。自分のあずかり知らぬところで婚姻話が進められているのに、もはや反発する気力もない。いくら嫌だと訴えても、誰の耳にも届かないだろう。味方はいないのだ、この王城では。この見目麗しく、人柄もよい王太子に嫁げるのは幸せだと、誰もが思っているのだから。

「耳が早いですね。婚約式の日取りが決まるのはもう少し先ですが、あなたのことは私の婚約者として扱うよう皆に伝えています」

「帰して、ください。私をベルガス領に帰して。家族に会わせて」

「……落ち着いたら希望通りに。ですが今のあなたを領地に帰すことはできません。まだ体調が万全ではないのですから」

エジェリーの前髪を指でそっと掬い上げ、シリウスは触れるだけのキスを額に落とす。拘束を緩めた彼は、先ほど見せた冷笑が嘘のような柔らかい笑みを見せた。

「名残惜しいですが、もう行かなくては。また来ます。ゆっくりお休みください」

「待っ、お待ちください」

寝台から立ち上がり、扉を開くシリウスに背後から声をかけた。

「父は、この婚約に納得しているのですか」

振り向いたシリウスは、エジェリーの淡い期待を打ち砕いた。

「ええ、伯爵も伯爵夫人も、あなたの兄も。両陛下も、了承済みです。そうそう、あなたのご家族は、私とあなたが相思相愛の仲だと思っているようですね。私も早くあなたに好きになってもらえるよう、誠心誠意尽くしましょう」

閉じられた扉を、エジェリーはその場に立ちすくんだまま見つめる。告げられた言葉は、彼女の心の重石となった。

◆
◇
◆

数日後、国王と王妃に呼び出されたエジェリーは、重い足取りで王妃主催のお茶会に顔を出した。政務中の国王とシリウスも休憩時間を作り、王妃の私室に集まっている。

「まあ、緊張しないで。楽にしてちょうだい。身体の具合はどうかしら？」

「お気遣いありがとうございます。熱も下がりましたので、問題ありません」

「そう、よかったわ。でも無理はダメよ？」

麗しい微笑を浮かべる王妃はとても若々しい。銀髪に翡翠色の瞳が印象的で、年齢を感じさせない。シリウスの美しさは王妃譲りだと言えるだろう。

「ようやくゆっくりお会いできてよかったですわね、陛下」

「うむ、そうだな」

隣の椅子に座る国王に話しかける姿は仲睦まじい。愛妻家として名高い国王は、王妃の話に耳を傾け頷いた。

「あの子ったらなかなかわたくしたちに会わせてくれないの。大きくなった息子なんて全然可愛くないわ」

シリウスの不満を次々と告げる王妃は、エジェリーの手をギュッと握った。

「わたくし、娘ができるのを心待ちにしておりましたのよ。嬉しいわ、こんなに可愛らしいお嬢さんがシリウスのお嫁さんになってくれるだなんて」

「あ、あの……」

戸惑いを滲ませた声を上げるが、母親からエジェリーを奪ったシリウスが、その肩を抱き寄せた。びくりと小さくエジェリーの肩が震える。

「娘どころか、きっとそう遠くないうちに孫の顔も見られますよ」

息子の独占欲に王妃は一瞬呆けた顔を見せたが、すぐに目を瞠った。同様に国王も耳を疑っている様子だ。

「お前、まさかとは思うが」

なにも言わなくても息子の表情を見ればわかるらしい。国王と王妃は驚愕した。シリウスは変わらず微笑むだけである。頷くこともしていない。

「まあ！」

「手が早いぞ!?」

視線を彷徨わせるエジェリーの肩をさらに自分の方へ抱き寄せ、シリウスは婚約者を愛おしむように、エジェリーのこめかみにキスを落とした。

「こればかりは授かりものですから、まだわかりませんが」

確実に可能性はあることを示し、シリウスは俯き加減で黙るエジェリーを労る素振りを見せる。

（純潔を失ったことをほのめかすなんて……！）

エジェリーは内心憤っていた。本当に、利用できるものはなんでも利用する男だ。こめかみへのキスも、仲睦まじく相思相愛だと思わせる演出に違いない。現に彼は、あの夜以来些細な触れ合いはしてきても、一度しかエジェリーにキスをしなかった。しかも、額に触れる程度のキスだ。抱き締める以外の接触は、極力避けていたのだ。

「急いで婚約式の日取りを決めないと！」

お腹が目立ってきたら大変だわ！　と王妃は慌ただしく侍女を呼ぶ。

「悪阻《つわり》が重かったら大変ね。安定期に入った頃となると、五ヶ月後かしら。ドレスもお腹周りを調節できる、ウエストから裾に広がるデザインがいいわね。ふんわりさせたドレスならお腹も目立たないわ」

（え、もう？）

まだ妊娠しているかもわからない状況で、式の日取りにドレスのことまで話が加速している。

エジェリーは狼狽えた。王族の婚姻は、通常婚約式を行い、それから約一年後に結婚式を行う慣例がある。あまりに急な展開についていけない。

「ドレスだけじゃないわ、宝飾類も髪飾りも、全部揃えなければね！」

「あ、あの、王妃様」

「ええ、大丈夫よエジェリーさん。とびっきり美しく、大陸一幸せな花嫁さんにしてあげるわ！」

暴走気味に扉を開け、部屋を飛び出していく王妃と、後を追う数名の侍女。

戸惑うエジェリーに国王は短く「すまない」と詫びた。未来の娘に花嫁衣裳を作るのが夢だと語られれば、心がぎしりと痛む。

「王妃には後で言っておく。たとえお腹に子供がいてもいなくても、我々はそなたを歓迎する。そのことは忘れないでくれ」

「あ……の、はい……」

優しい国王や王妃が嘆き悲しむ姿は見たくない。

どうしようもない現実に直面したエジェリーは、静かに離宮へと戻るしかなかった。

◆◇◆

国王と王妃に関係を知られた翌々日には婚約式の日取りが決定した。まだ早すぎて妊娠しているかどうかはわからないが、その可能性を前提に医師と相談して、日程が決まったらしい。今から五ヶ月後、秋の深まる時季だ。

優秀な王妃の侍女によって、エジェリーは身体の細部まで計測された。お腹周りにはゆとりを持たせて、体形が変わっても問題なく調整できるデザインにするそうだ。

王妃に呼び出される以外の時間は、しばらく好きに過ごしていいと許しを得て、エジェリーはたびたび城の書庫に出入りするようになった。

聖女になる前の二週間通わせてもらった場所だ。聖女になってからも、シリウスはここの書物を神殿まで届けてくれていた。

陽の光で書物が焼けないように設計された書庫で、エジェリーは一人静かに時を過ごす。現実に向きあうことに疲れたエジェリーは本の世界に救いを求めていた。

夕食の時間になると侍女が呼び出しに来るが、離宮の一室に閉じ込められて一日を過ごすよりは断然有意義だった。

今日は歴史書を読むつもりだった。国外に出たことがないエジェリーは、書物からしか情報を得られない。棚に並ぶ本を眺めながら、ふとエジェリーは思った。

（……そういえば、あの国はどこなのかしら？）

そう思ったことがきっかけとなり、意識が夢の中に潜り込む。

古い時代の閉鎖的な村での生活。エジェリーが見たこともない民族衣装を身に纏っていた。言葉は不思議と理解できていたが、字は読めるか怪しい。

どこかの国の古語として未だに使われている可能性はある。だがこの大国一と言われているアイゼンベルグ王国の広大な書庫に文献が残っていなければ、歴史に残っている村なのかもわからない。

「私が全部を知っているわけじゃないから、気になるのかもしれないけれど……」

過去の記憶なんて忘れたいと思う反面、イオが亡くなった後の村がどうなったのか気にかかっていた。

相反する心がせめぎ合う。

知らなくても問題はないが、知らなくて後悔することもきっとある。知る機会があったのに知ろうとしなかった所為で起こった悲劇は、その者の罪だ。

「殿下に尋ねたときは、はぐらかされたのだったわ」

過去の過ちを何故と問いかければ、彼は何故でしょうねと曖昧にかわした。知らないはずがないのに、言いたくないほどのなにかがあったのだろうか。

前世を探ることは、シリウスの触れられたくない闇に踏み入ること。すべてを受け止める覚悟はできていない。だが、客観的に過去を見つめることで、エジェリーはこれからの道を選べる気がした。

シリウスがユウリを愚かだと言う理由も、もしかしたらわかるかもしれない。

エジェリーは、この書庫の歴史書を調べることにした。時間なら有り余っているし、なにか目的がある方が、余計なことに気を取られずに済む。

「それに、私が当時のことも調べられたら、彼女だって報われるかもしれない」

ただ無意味に死んだのではなく、この死には意味があったのだとエジェリーが知ることで、昇華できる気持ちもきっとあるはず。過去はなにも変わらないけれど、なにもしないままではあまりにもイオが報われない。

エジェリーは書庫にある古びた歴史書を一冊手に取り、慎重に頁をめくり始めた。


毎日空いた時間を書庫で過ごすのは、気がやすらいだ。インクや紙の匂いも、少し埃《ほこり》っぽい空気も、エジェリーの心を落ち着かせる。

この国と他国のことをできるだけ勉強しておきたいと侍女たちに告げて、堂々と書庫に引きこもり始めて数日が経過した。扉の前には護衛がいるが、集中したいというエジェリーの気持ちを汲んで中に入って来ることはない。

飲食を忘れて読書に没頭してしまうエジェリーのためにと、侍女がバスケットを用意してくれた。中には飲み物とサンドイッチが入っている。女性にも食べやすいようにと具は少な目でパンも薄い。その代わり、数種類揃えられていた。デザートに焼き菓子まで入っている。

人の気配が感じられない書庫の奥で、エジェリーは柔らかな日差しが差し込むテーブルにバスケットを置いた。気になる書を棚からいくつか取り出すと、抱えてその場へ戻る。

「周辺諸国では見かけない衣装だもの。きっともっと遠い国なのよ」

世界地図を探した方が早いかもしれない。大陸全土の地図は、庶民には高級で手に入らない代物だが、当然この場にはユピテル大陸以外のものも保管されている。

民族衣装と黒髪黒目の人種しか判断する術はないのだが、エジェリーは保管されていた大陸全土の地図と、異国の名が刻まれた地図を眺めていく。

カゼル公国、セルフィン王国、ラゼット神聖国、ルヴェリア王国。

馴染みのある周辺国家の情報はある程度頭に入っている。アイゼンベルグから遠く離れた場所を探すと、家庭教師から教わっていない小さな国々の存在を初めて知った。

しかしそれらの国の名前も公用語も、イオたちの生きた国のものとは一致しない。

試しにムスタ国という国を調べてみるが、冊子が非常に薄い。あまり情報が手に入っていないらしい。

パラリと開くと、砂漠の民らしい民族衣装の図が描かれていた。旱魃の被害には遭っていたが、イオの住む村は広大な砂漠とオアシスがある場所ではなかったはず。

「砂漠ではなかったし。別の場所ね」

時代が変われば文化も変わる。国の公用語も変化するだろうし、衣装は最も顕著だ。伝統的な民族衣装を身に着けていないかもしれない。

そう時間をかけずに読み終わらせたエジェリーは、同じ大陸にある別の国について書かれているものにも興味を持った。それに目を通してから休憩を取り、バスケットに入ったハムとキュウリのサンドイッチを一口食べる。

結局エジェリーは、それから二刻ほどユピテル大陸全土の見知らぬ国家を調べてみたが、成果は得られないままだった。

◆◇◆

離宮に住み始めてから、エジェリーは毎晩、過去の夢を見る。

日照りが続き、村が疲弊する前の、水と緑の恵みに溢れていたあの頃。諍いは最小限にとどめられ、村人は助け合って生きていた。

山菜採りがかつての仕事だった幼い少女は、自ら仕事を買って出た。居候と呼ばれ、陰で蔑《さげす》まれるのは構わないが、自分を拾った恩人に迷惑がかかることはしたくない。

山に入り山菜を摘み、ときには傷薬や腹痛に効く薬草も摘む。

与えられた居場所を大事にしたい。周りから頼られたい。ここにいてもいいと、認めてもらいたかった。

そんな彼女を静かに見守る村の長は、少女にこっそり文字を教えた。識字率は低く、村でも限られた人間しか文字は読めない。その理由のひとつは、必要がないからだった。そんな辺境の地の閉鎖的な村だが、山をふたつほど越えれば、国の役所がある。ごく稀に役所の人間が立ち寄ることもあれば、文だって届いた。

『ユウリ様、これはなんて読むのですか？』

地面に書かれた文字に目を凝らす。縦と横、斜めに描かれた線があった。ユウリはイオの隣にしゃがんだまま、木の枝でもう一度ゆっくり地面に刻んだ。

『イオ。お前の名前だよ』

『私の名前？　これ、私の名前が書いてあるのですか？』

頷く彼に満面の笑みを向けて、イオは地面を凝視する。

目を輝かせる少女を愛おしげに見つめて、ユウリは彼女に枝を持たせた。イオの手にはいささか太い枝で、がりがりと地面に文字を刻む。

少々不格好ながらも自分の名を初めて書けた喜びに、イオは心からのお礼を告げた。

たったの二文字。だがとても大事な文字だ。

遠慮がちにユウリを見上げた彼女は、滅多にしないお願いを口にする。

『ユウリ様のお名前も知りたいです』

『私の名は難しいぞ？』

地面に描かれた文字を見て納得した。複雑すぎてどこから書かれたのかもわからない。一生懸命覚えようと凝視する少女に苦笑して、ユウリはそっとイオの頭を撫でた。

『ならば簡単な方を教えよう』

三文字のユウリ。こちらなら書けそうな気がする。

自分で書いた名前と、手本を見ながら書いたユウリの名前。現実では彼の隣にはいられないが、地面にならこっそり名前を隣同士で刻むことができる。

はにかみながら喜びを見せるイオに、ユウリも柔らかく笑った。

穏やかで慈しみが溢れる空気が流れていた。


――目が覚めたエジェリーは、瞼を閉じたまま夢の中の光景を思い返した。

一番初めに見た前世の記憶は、昔の自分が殺される場面だった。あの光景を繰り返し見ていたときには気づかなかったユウリの優しさが、時間が経つにつれて思い出されていく。捨てられた少女を拾い養女にしてくれた恩人で、文字を教えてくれた人で、いつも慈しんでくれた大切な兄ともいえる存在。殺されても、イオにとって長が大切な人に変わりなかった。

幸せと呼べる時間は長くは続かなかったが、それでも魂の記憶として残るほど、彼と過ごした時間はイオにとってはかけがえのないものだったのだろう。

いつからその関係が歪《いびつ》なものに変わったのか。どこで歯車が狂ってしまったのか。狂った歯車はそのまま時を刻み続けた。それがあの結末だ。

「かわいそうに……」

ほんわりとした温かな気持ちがやるせなさへ変わり、エジェリーの胸を締め付ける。エジェリーが体験したわけではないが、だからといってわりきることも難しい。

(真実を知ることは難しいけれど……)

それでもエジェリーが過去を調べることで、イオが感じてきたユウリの優しさが嘘ではないと思えたら、エジェリーの中に眠るイオも報われるのではないか。

自己満足でもいい。そうすることで、前世に悩まされているエジェリーも、気持ちの整理がつくような気がした。

ふと隣を見ると、少し離れたところでシリウスが規則的な寝息を立てていた。離宮に移動してエジェリーの体調が回復してから毎夜、彼はエジェリーの寝台に潜り込むようになっていた。

触れることはしない、ただ隣で眠るだけ。無理やり純潔を奪った相手と同じ寝台で眠れるはずがないと拒絶したが、結局押し切られ、毎晩続けば不思議と慣れてしまった。

(殿下の考えがまったくわからない。……考えるだけ無駄なのかもしれないけれど)

熟睡しているシリウスは、普段浮かべている笑みが消えていて人間味が感じられない。

まるで美しい彫像のようだ。その顔をしばらく眺め、喉の渇きを覚えてゆっくりと起き上がった。

サイドテーブルに置かれた水差しからグラスに水を注ぎ、ごくりと飲み干す。窓辺まで歩きカーテンを少し開けるが、まだ夜明けまでだいぶ時間がありそうだ。

目がさえてしまったが、眠れるまで横になっていよう。そうして寝台に戻ろうとしたそのとき――。

「うっ……、あ……ッ」

シリウスの呻き声が聞こえてきた。近寄って様子を窺うと、先ほどまでの熟睡していた様子が一変し、苦痛に満ちた顔をしている。眉根を寄せてなにかに耐えているようだ。

「殿下……？　大丈……」

「ああ、だめ……違う、私は――」

額に汗が浮かんでいる。苦しそうにする彼の手は、エジェリーが寝ていた場所を彷徨っていた。

「エジェリー……、行かないで」

「っ……！」

名前を呼ばれて思わずシリウスの手を握る。すると彼の表情がすぅっと和らぎ、呼吸も安定を取り戻した。

握った手はしっかり握り返されている。彼女はそのままシリウスの隣に横になった。

(睡眠障害を患《わずら》っているのは本当だったのね)

寝ずに仕事ばかりするシリウスを彼の側近たちは見かねていた。シリウスは騎士団での仕事も引き受けたまま、国王の政務も一部担っている。無理やりにでも寝てもらわないといずれ倒れるだろう。

エジェリーの隣では彼は熟睡していたから、勘違いではないのかと疑っていたのだが、先ほどの様子は演技ではない。

王家の血筋は薬が効きにくい体質で、眠り薬を用いて強制的に眠ることも難しいらしい。シリウスは子供の頃から極端に眠りが浅く、熟睡できない。睡眠時間は人間が必要とする平均時間の半分にも満たず、豊穣祭を終えた頃からさらに悪化したのだとか。

よく考えれば、彼は生まれたときから前世の記憶があるのだ。彼自身言っていたではないか。この記憶に悩まされていたと……。

エジェリーが記憶を思い出したのは最近のことだ。それなのに既にこんなに振り回されている。

(殿下はこんな思いをずっと一人で抱えていたの……)

握られた手を握り直して、エジェリーは彼がまたうなされないように手の温もりを分け与えた。

◆
◇
◆

月の障りが来ないまま、さらに一週間が経過した。エジェリーがこの離宮に住み始めて、そろそろ二週間半。もう来てもいい頃である。授かりものをしていなければ。

普段は煩わしくてたまらない下腹部の怠さや痛みも、こうなってくると恋しくなった。とにかく不安の種をなくしたい。そっと下腹に手を置いた。

「……」

眉根を寄せるが、月のものが来る気配は感じられず、ため息が漏れた。

「エジェリー様、王妃様がお呼びです。すぐにお召し替えを」

離宮に仕えるエジェリー付きの侍女が王妃の言葉を伝えに来た。王妃主催のお茶会によくお誘いを受けるエジェリーは、開いていた本をパタンと閉じた。自室で読む本は、周辺国家の歴史書ではない。勘のいいシリウスになにか気づかれたら厄介だからだ。

「わかったわ。ドレスを選んでくれる？」

侍女二人がかりで手早く着替えをさせられ、エジェリーは若草色のドレスに身を包んだ。

「急に呼び出して悪かったわね、エジェリーさん。さあ、こちらにいらして」

王妃はエジェリーに応接間の椅子を勧めた。目の前のテーブルには茶菓子ではなく、色とりどりの宝石が並べられていた。

　挨拶の後、大人しく勧められた椅子に座ったエジェリーは、にこやかな笑みをつくった。

「きれいな宝石ですね」

「エジェリーさんに似合う石を選ばないとね。さあさ、たくさん持って来てちょうだい」

　侍女が一礼し、扉を開けた。宝石商と思しき男が数人、いくつもの宝石を披露していく。

「あの、王妃様？　ここに並べられているだけではないのですか」

「あら、これらはほんの一部よ？　ドレスに合わせた宝飾品だけでも、二十は必要になるのだし、ドレスが変われば身に着ける宝石も変わるでしょう？」

　至極当然のように微笑まれるが、必要最低限の宝飾品しか身に着けない自分の母親との違いに、圧倒される。大国の王妃なのだから、このくらいは当然なのだろうが……。

（ダイヤモンド、サファイア、ルビー、アクアマリン、トパーズ、ペリドット……。私に鑑定はできないけれど、一粒で庶民の家が何軒も買えそうだわ）

　どれも最上級の品だ。サファイアにいたっては、何色も色があった。それらを王妃が吟味していく。エジェリーは口を挟む間もなく、王妃の侍女と商人とのやり取りを横目でとらえるだけで精一杯だった。

　ようやく解放されると、温かい紅茶が振る舞われた。今日決まらなかったものはまた明日以降に決めていきましょうね、と言われたときは少々気が遠くなったが、爽やかで甘酸っぱいお茶の匂いに癒やされる。

「あまり無理をさせてしまったら、シリウスに怒られてしまうわね。エジェリーさん、疲れさせてしまったらごめんなさいね」

「私は大丈夫ですわ、王妃様。少しびっくりしましたけれど、希少な宝石を一度に見られる機会なんて初めてですし。とても勉強になりました」

貴族令嬢の嗜みとして一般的な知識は持っているが、あまり関心がなかったため、エジェリーは宝石について詳しくはない。

「本当に、あなたみたいな可愛らしいお嬢さんが来てくれてよかったわ。この国の王妃は大変だけど、わたくしもいるから安心して？」

きゅっ、と優しく手を握られて、労られる。

「あの……、ありがとうございます」

シリウスに対し複雑な感情を抱いているエジェリーは、王妃の気遣いに居たたまれなくなったが、なんとか微笑んでお礼を告げた。

「そういえば、最近のあの子はよく眠れているようね。エジェリーさんのおかげね」

「え？」

首を傾げたエジェリーに、王妃は眦を下げた。砂糖漬けにされた菫の花を指でつまみ上げる。

「いいのよ、あなたはそのままで。なにも特別なことをして欲しいわけではないのよ。ただ傍にいるだけで癒やされる関係もあるのだから」

優雅な仕草で菫を口に含んだ王妃は、慈愛に満ちた眼差しをエジェリーに向けた。

「シリウスは子供の頃から弱音を吐かない子だったわ。とても聞き分けのいい子で、今思うと幼い頃から大人のようだったわね」

そう王妃に呟かれ、エジェリーは小さく息を呑んだ。

恐らくシリウスの精神的な年齢は、前世の記憶を合わせると母親よりも上になる。子供のままで、大人の記憶を持っているのだから。

だが王妃が彼の秘密を知っているようには見えず、エジェリーは気づかれないように小さく安堵の息を吐く。

(――ただ傍にいるだけで癒やされる関係……)

王妃の言った言葉が心に残る。少なくとも、エジェリーはシリウスといても動悸がするばかりで、癒やされてはいない。だが、彼の方は癒やされているのだろうか。

思案に耽《ふけ》りそうになったとき、応接間にシリウスが現れた。

「あら、噂をすれば」

「ごきげんよう、母上、エジェリー。用は終わりましたか？」

「今お茶を楽しんでいるところなのだけど？」

「そうでしたか。では私もご一緒させてください」

シリウスは穏やかな微笑みを崩さないまま、エジェリーが座る椅子のすぐ真横まで移動した。

追加の紅茶を用意し始める侍女たちに、王妃は視線を向けて片手を上げた。その意味を察した侍女たちは手を止める。

ふう、と小さく嘆息し、王妃は息子を見上げた。

「まったく、お前にまで参加されたら内緒話ができないじゃないの」

「私がいたら不都合なお話をされていたのですか？」

「ええ、そうね。母と娘の内緒話よ。逆に、あなたには話題にされては困る不都合なことがあるのかしら？」

「心当たりしかないですね」

苦笑するシリウスと王妃の会話は、ちゃんと母と息子の会話として成り立っている気がする。遠慮のない王妃の物言いにもシリウスは親しみを込めて対応している。

「あまりにも独占欲が強い男は嫌われるわよ？　なにか困ったことがあれば、いつでもわたくしに言いにいらっしゃい」

前半はシリウスに、後半はエジェリーに告げた王妃は、息子にではなく義理の娘に手を差し伸べた。エジェリーはありがたくその手をきゅっと握る。

「お心遣いありがとうございます、王妃様」

冗談ではないですからね、と念押しされたエジェリーをやんわりと王妃から奪い、シリウスは母親に笑顔を向けた。呆れた眼差しで、彼女は退室を許可する。

「では母上、失礼いたします。エジェリー、行きましょう」

こうなってしまうと立ち去らないわけにもいかず、エジェリーは一礼してからシリウスの手を取り、その場を後にした。

「少し庭を散策しましょうか」

護衛を数名引き連れて、シリウスが提案する。人目があるため、エジェリーも手を引かれたままだ。

「お時間はよろしいのですか？」

「ええ、しばらくは」

離宮までの道のりをのんびり二人で歩く姿は、一見仲睦まじく見えるだろう。ぎこちないエジェリーの様子は照れているのだと誤解されているに違いない。

手を繋いでいるだけならば、悪寒を感じることはないが、これ以上の触れ合いになるとわからない。彼の意図がわからず、指先が冷えていく。それに気づいているシリウスは、己の体温を移すかのように握る手に力を込めた。

ゆっくりと城の庭園を観賞する。春から夏に移り変わる景色が美しい。色とりどりの花で彩られた庭は、庭師によって綺麗に整えられている。

桃色と紫色のカンパニュラメディウムは、釣鐘《つりがね》の形が愛らしい。エジェリーの部屋の前に植えられているジャカランダの花に少々似ている。すぐ近くには黄色や赤色などのルピナスの花が、庭の調和に溶け込むように色を添えていた。

「向こう側にはこれからコスモスが咲きますよ。またあちらにはペチュニアが満開です」

意外にもシリウスは花に詳しい。

豪華な大輪の花だけではなく、なかなか注目されないような野に咲く小さな花の名前まで知っていた。

少し照れくさそうに笑ったシリウスは、「私がこんなに詳しいのがおかしいですか？」と尋ねる。

「花を愛でるのは好きなのですよ。残念ながら、ここにはシロツメクサはないのですが」

「シロツメクサ……」

ぼんやりと前世の映像が蘇りそうになるが、はっきりとは思い出せない。ただその花がかつての二人を繋ぐものだったことはわかった。

憂いを帯びたシリウスの横顔が切なげに見える。

「あなたの好きな花冠を編んであげられないのが残念です」

はい、とも、いいえ、とも返事ができない。エジェリーは確かに花は好きだが、シロツメクサの花冠など作ってもらったことはない。それを好きだったのは、恐らくイオだ。

(この人は私の中のイオを見ているのでは……?)

小さく「殿下」と零せば、シリウスは緩く首を振った。

「シリウス、と。私のことは名前で呼んでください」

「そういうわけにもいきません。どこで誰が聞いているかわかりませんから」

そこではっと気づく。

似たような会話を、ユウリとイオもしていた。

「では、二人きりのときだけでも構いません。私はあなたに名前で呼んでもらいたい」

名前で呼んでと懇願する、同じ魂を持つ男たち。長でも殿下でもなく、一個人《いちこじん》として見て欲しいと求めてくる。けれどエジェリーは簡単に受け入れることはできない。

「シリウス様」

「敬称はいりません」

「いいえ、けじめですわ。呼び捨てになどできません」

すると、シリウスは僅かに残念な色を瞳に滲ませた。

「愛しています、エジェリー」

脈絡のない愛の告白に、エジェリーは眉をひそめた。

今二人は、少し離れた場所で待機する護衛を背にし、視線は前方の花壇に向けている。

表情は誰にも気づかれない。

彼に愛していると言われても、今の状況では素直に受け止めることはできない。なにより、彼はエジェリーを通してイオを見ているのかもしれないのだから。

「シリウス様のおっしゃる愛とは、一体なんなのでしょう。先ほどあなたは『あなたの好きな花冠』とおっしゃいました。ですが、私はシロツメクサの花冠など見たことがありません。あなたは、私を通して別の人を見ているのではないですか？　きっと必要なのは私ではありません。それなのに、あなたは無理やり身体を繋げてきた。愛していると言いさえすれば、相手の気持ちを無視してもいいのですか？」

愛とはなんなのか、恋をしたこともないエジェリーにはよくわからない。自分の感情を自分勝手に押し付けることを、果たして愛と呼べるのだろうか。

愛しているからなにをしても許されるわけではない。愛を免罪符のように扱い、過ちを正当化されてはたまったものではない。

エジェリーの拒絶を感じ取ったシリウスは、自嘲気味に呟く。

「私にも、愛がなにかはわかりません。両親から愛情を受け取り、大勢の人間に囲まれて生きて来たのに、心の空洞は埋まらない。常に渇望《かつぼう》していたのです。それが、あなたに出会って初めて満たされました。私はあなたを傷つけることがわかっていても、浅ましくも己の欲望を優先させた。私という存在が、エジェリーの笑顔を奪っても。あなたから離れることができないのです」

初めからすべてをやり直すことはできない。やり直すとしても、過去の記憶が残ってい る限り、シリウスとエジェリーの溝は埋まらない。

誰かの幸せを心の底から望むことが真実の愛なのだとしたら、相手が苦しみ拒絶を示しても、その手を離せない愛とは随分身勝手なものだ。

「それから先ほどの、シロツメクサの花冠の話。あれはあなたとの思い出ではありませんでしたね。あなたを傷つけてしまい申し訳ありません。……私は物心つく頃から前世を見てきたせいで、前世と今世の記憶の区別がつかなくなることがあります。それでも、あなたを目の前にするとどうしようもなく心が震えるのです。あなたを知りたい、あなたに触れたい、あなたと一緒にいたい。……私にもこの感情がなんなのか、うまく言葉にはできません」

儚げに微笑む様子に嘘は感じられない。

シリウスはどこか遠くを見つめていた視線をエジェリーに戻した。

「二年前、あなたと初めて出会ってから、あなたのことをずっと見てきました。太陽の光を浴びて眩《まぶ》しく輝く金色の髪も、神秘的な菫色の瞳も、幼さが抜けて少女から女性へと、美しく成長する姿も。本当は誰にも見せたくありません。全部私だけのものにしたい。あなたがいないと私はずっと欠けたままなのです」

「……」

エジェリーは彼のひどく切なそうな表情に返す言葉が見つからなかった。

木々がざわめき、春風が二人の間を走り抜ける。立ち止まっていたエジェリーとシリウスは、風の動きに背中を押されるようにまた庭を歩きだした。

その後、二人は無言で離宮に到着した。

エジェリーを送り届けたシリウスは、側近に呼ばれて去っていく。

去り際に、彼はエジェリーの手の甲に口づけを落とした。

「約束します。あなたには嘘をつかない。もうあなたを傷つけることもしないと」

黙って耳を傾けていたエジェリーの心には、複雑な色が浮かんでは消えていく。交ざり合う感情を自分でもうまくとらえきれなくて、頷くことすらできず彼女は自室へ戻っていった。

侍女に出迎えられた部屋で長椅子に座るエジェリーは、ぽつりと独り言を零す。

「それでも、私を手元に置きたいのは、イオの生まれ変わりだからなんでしょう？」

自分の発言に、胸の奥がキュッと締め付けられたが、エジェリーは気づかないふりをした。

その日の深夜。変わらずエジェリーの部屋を訪ねて共に寝付くシリウスは、境界線代わりの枕をひとつずらした。手を握ってもいいかとの申し出に、しばし思案した後、エジェリーは渋々頷く。

ほっとした面持ちで、「ありがとうございます」と嬉しそうに言うシリウスの心境はわからない。頷いてしまったエジェリーも、恐らく昼間に王妃から言われた言葉が残っていたのかもしれない。

少し体温の低い手と自分の手が繋がれたままでは安眠などできないだろう。

しかししばらくすると、シリウスの寝息に引かれるように、とろとろと瞼が下りていく。

体温を共有し、規則的な呼吸音が重なり合い、心音が同調する。

静寂な空間に響くのは二人が深く寝入った証。白く霞がかった景色へと、エジェリーの意識も旅立っていった。

◆◇◆

どこまでも澄んだ空気が全身を包み込む。エジェリーは風を切り、雲を突き抜けて眼下に広がる景色を見下ろしていた。

木々に覆われ、自然に溢れた山と田畑。森や村をいくつも越えて、うっそうとした山をふたつ、三つほど越えた先に、山に囲まれた小さな村が見えた。その先には青い海が広がっている。

エジェリーはゆっくりと上空で旋回し、〝眼〟を近づける。

(鳥……私、鳥になってるの?)

空を飛び景色を見下ろせる存在。手は真っ白な翼になっていて、自由に動き回れるようだった。

どこか懐かしく感じるその閉鎖的な村は、よそ者を嫌う。長が拾って来た少女はやはり異色な存在だった。

幼い少女が井戸の水を汲んでいた。屋敷に仕える女たちと共に、衣類を洗っている。冷たい水に手がかじかみながらも、与えられた仕事を必死にこなす少女は、かつての自分であるイオだった。

不思議だ。いつもならイオの目線で夢を見ているのに、彼女の姿をはっきりととらえることができるなんて。

(あ、そうだわ。きっとこれは夢の中。でも一体誰の?)

そのとき、屋敷の中から、二十歳前後の青年が現れた。艶やかな黒髪を後ろでひとつに括りながら微笑む青年――ユウリだ。長の登場に、少女はパッと瞳を輝かせる。そして慌てたように一礼した。

距離を保ったまま空から眺めていたが、もっと近づきたい。けれど、目に見えない薄い膜のようなものが邪魔をして、それ以上近づくことはできそうになかった。

その膜の上に降りてエジェリーは翼を畳む。眼下の景色は目まぐるしく移ろい、数回瞬きをする間に数年の時を刻んだ。

その間に青々としていた木々は枯れて、やがて山は茶色へ変色する。季節が雨季になっても天の恵みはごく僅か。村は日照りに悩まされ、村に流れる川もやせ細っていった。

そこでふと、時間の進みが緩やかになる。長の屋敷には数人の男たちが集まっていた。藁ぶき屋根は次第に透けて、その光景が頭上から確認できた。広く薄暗い部屋に燭台に火を灯し、深刻な顔を突き合わせている。

物々しい空気の中、一番年かさの男が、この場で一番若い長へ決断を迫った。

(声が聞こえないわ。なんて言ってるの?)

意識を集中させ、音を拾う。やがて膜の内側の音は、エジェリーにも伝わってきた。

「――いい加減覚悟をお決めなさいませ。この村存亡の危機ですぞ。儀式を執り行い生贄を捧げ、天の恵みを受けられなければ皆死んでしまう」

いくつもの井戸が涸れた。今年は例年と違い、気温が高い。夏を迎える前にこの暑さでは、作物を育てることもままならない。

「長の決心がつかないのであれば、我々が選んでもいいのですぞ」

雨乞いの儀式の許可を求める一族の重鎮たちに、ユウリは苦々しい顔で決断を下した。

「生贄には、イオを捧げる」

（――っ！）

はっきりと届いた声にエジェリーは息を呑んだ。とっくにわかりきっていたことなのに、この瞬間を見てしまうのは辛い。

（これは、きっとシリウス殿下の夢の中なんだわ）

彼の夢にエジェリーが侵入し、記憶を垣間見ている。不可思議な現象ではあるが、前世の記憶を見るエジェリーはすんなりと受け入れた。

「生贄の女には生娘が最良だ。より龍神の怒りを静め、天の恵みを授けてくださる。イオの純潔を奪おうとは思いめさるな」

婚儀を挙げてから、幾月も経過していない。イオの成長を見守っていたユウリは、まだ彼女とは男女の関係を結んでいなかった。

ぐっと眉間を寄せて拳を握るユウリは、苛立たしげに「わかっている」と答え、男どもを黙らせた。

時間は進み、村の旱魃は危機的状況にまで陥っていた。やせ細っていた川は完全に干上がり、僅かな飲み水を確保するのが精一杯。

やがて村の重鎮たちは一日かけて山を越え、代々生贄を捧げる場へイオを連れて行く。大きな渦を巻く荒れた海へ生きたまま女を捧ぐのだ。

神と人が共生していたと言われる古い時代。天災は、神の機嫌を損ねた罰だと信じられていた。

荒れ狂う海の慟哭が響く。崖に水の飛沫が叩き付けられ、激しい風が崖下から舞い上がった。

イオを短刀で刺し、崖下に突き飛ばしたユウリは、大事な少女が黒く渦巻く波に落ちていく様を目に焼き付ける。絶望を湛えたイオの瞳に映るのは、己の姿。男は声にならない囁きを落とした。

「――神の花嫁になどさせぬ」

昏《くら》い色を宿した瞳を一度閉じ、形ばかりの神への生贄の奏上を口にして、着ていた上衣を短刀と共に海へ落とした。固唾を呑んで見守っていた男たちには、無事にイオを龍神の花嫁として捧げたと告げて。

そして、彼らが村に戻った翌日。数ヶ月ぶりの雨が降り注いだ。村人は歓喜した。しかしその恵はささやかなもので、すぐにまた厳しい日照りに悩まされる。

数日が経過しても、雨の降る気配は訪れない。儀式は無事にやり遂げたのに、一体何故だと村人たちのなかで焦燥感が募った。

不満や焦りを口にする者たちは、儀式の失敗を疑い始めた。だがそれをユウリは否定する。少なくとも、生贄にされた少女にまったく非はなかったと主張した。

長がイオを慈しんでいたことを周囲も知っている。夫の傍をうろつく目障りな少女が消えたことで、彼の他の妻たちは一時溜飲を下げた。しかし生活は厳しく、また儀式が行われれば、己に生贄の役割が舞い込んでくる。恐れ慄いた妻の一人は生家へ戻り、その一家は全員村を出て行った。

だが二日後の朝。彼らは山の中で獣に噛みちぎられた惨たらしい死体となって発見された。顔の判別もできないほど無残な有り様だったが、同情する者はいない。

日々を生きぬくことが厳しい時代、生と死は隣り合わせだ。裏切り者の末路など誰も気にする余裕はないのだ。

だがその後も、村を捨てる者たちは後を絶たなかった。多くは獣に四肢を食いちぎられ、野鳥に内臓を抉られ土に還ったが、中には生き延びて村へ戻った者もいた。

しかしすぐに原因不明の病が流行り始める。

死者はあっという間に百を超えた。

村の老医師も手を尽くしたが、発熱後すぐに儚くなる者たちを救う手立ては見つからなかった。

——呪いだ、災いだ。旱魃に飢餓の次は疫病。この村は神に呪われている。

迫りくる死の影に怯え、発狂し、僅かな食糧を奪い合う。これ以上耐えられないと、一家心中を図る者たちが続出した。自殺をした者は永遠に救われず、魂が転生することはないと言い伝えられていても、現実を生きる辛さからそれを選ばざるを得なかったのだ。

長として、ユウリは駆けずり回った。己が病にかかることも厭わず、できる限りのことを老医師と共に行い、治療にあたる。罵倒され、生贄に捧げたイオが役立たずだったと非難されても、ユウリは否定した。

親が子を殺し、子が親の墓を建て、やがて全員衰弱し病に倒れる。

毎日毎日、ユウリは墓を掘っていた。乾いた土を掘り起こし、死んだ村人を埋葬する。

一人、また一人と人が死に、イオを生贄に捧げてから僅かひと月で、ユウリを残して村は全滅した。

最後に残った老医師が息を引き取った直後、涸れたはずの井戸に水がわいた。

禁忌を犯したユウリがこの墓に囲まれて一人で生きることこそが、彼に対する罰であるかのように。簡単に死ぬことが許されぬ証拠に、彼は疫病に感染することはなかった。

遺体が埋葬されていない空の墓の前で、やせ細ったユウリは膝をつく。

「イオ……。君にこの光景を見せずに済んでよかった」

かつてシロツメクサで一面覆いつくされていた丘の上には、イオの墓しかない。

簡素な木の墓標にはイオの名が刻まれている。その目の前で、ユウリは懐からぼろぼろになった冊子を取り出した。もはや不要になったそれを、一枚ずつ破っては風に飛ばしていく。

荒れた屋敷の奥に保管されていたのは、代々の長が綴った手記。有事の際に読むようにと、先代から託されたものだ。

過去、旱魃の後に雨が降った直後、村は疫病に襲われた。謎の病に村人の半数以上が命を落としたという。壊滅的な被害を知る者はユウリの代ではもういなかったが、綴られていた過去の歴史には生贄に関する記述もあった。

『生贄には、最も愛する者を選べ――』

生贄を捧げても天災が治まるとは限らない。神とは気まぐれだ。供物を捧げて祈りを紡いでも、人々の願いを聞き入れるわけではない。

判読が難しい手記を読み解けば、過去の歴史から村が病に襲われることは予測できた。生き地獄を味わうであろうことも容易に想像がついた。

純真な少女に、醜く獣じみた生への執着など見せたくない。

治る手立てのない病に苦しむ村人を見て、彼女が心を痛める姿を見たくない。

壊滅的な被害を受けることが回避できないのなら、生き地獄を見せることなく、己の手で殺めてしまえばいい。生贄にしたと見せかけて自分が殺すのだ。生贄に捧げられた魂は、神に食われ二度と転生することはできないという。そんなことは許さない。

「私は、死ねない。死ぬことは許されない。一族を死なせ、村を全滅させた咎は私にある。この罪を背負い、神が死を許すまで。私は一人で生きねばならない」

――いつかまた、どこかで君に会えたなら。今度こそこの手で君にたくさんの幸せを捧げたい。

ユウリの吐息交じりの呟きは、風に乗ってエジェリーに届く。

誰もいないその村に、ユウリは宣言通り住み続けた。毎晩のように村人の亡霊が夢に現れ、恨みつらみを告げてくる。それでも彼は後悔などしていない。村人全員の命よりも、たった一人の少女を選んだことを。

そして二十余年もの間孤独に過ごし、最期は誰にも看取られることなく、彼は静かに息を引き取った。

パキン、と透明な膜にひびが入る。足場を失ったエジェリーは、羽を動かすが真っ逆さまに落ちて――意識がはっと現実に戻った。

「――……っ！」

起き上がり、室内を見回す。空から落下した浮遊感に、心臓がバクバクと音を立てた。シリウスと繋がったままの手を咄嗟に外し、口を押さえる。心臓を宥めようと、左胸を押さえつけた。

「っ、……ふっ、……」

ボロボロと零れる涙が止まらない。エジェリーの手を濡らし、寝間着にシミを作っていく。嗚咽を堪え、漏れないように歯を食いしばった。口を覆う手が体温を失い、微かに震える。

夢の中の人物と、似ても似つかない外見のシリウス。黒髪で黒目の美丈夫は、銀髪でサファイアの目が神秘的な女神の末裔として、生まれ変わった。寝ている彼は眉間を寄せて、普段からは考えられないような苦悶の表情を浮かべている。

呼吸が荒く苦しそうなシリウスに、エジェリーは咄嗟に手を伸ばした。両手で彼の手を握りしめれば、次第にシリウスが落ち着いてくる。

額に浮かぶ汗で彼の前髪が貼りついている。髪をどけてそっと片手で汗を拭ってやる。

憎い相手であるはずなのに、こんなふうに世話を焼いている自分にエジェリー自身も戸惑った。無意識の行動だが、自ら握りしめた手を放す気にはなれない。

「……シリウス、様」

こんなに悲しい夢を物心ついた頃からずっと繰り返し見てきたのか。

パタ、ポタ、と寝具を涙で濡らす。胸の奥が苦しくて、鼻の奥がツンとする。呼吸がままならず視界がぶれる。

行き場のない悲しみは、自分のものではないはずなのに。心が痛くてたまらない。

ひとしきり涙を流すと、込み上げてくる感情は怒りだった。

「身勝手にもほどがあるわ」

生き地獄を味わわせたくないために、命を奪うだなんて。

彼女の意志を確認して欲しかったと、エジェリーは思う。

イオが本当に大切なら、こうなる前に外に逃がすこともできたのではないか。いや、村を離れた人間の末路を考えると、きっとしなかった理由もあるのだろう。

傍に置いても逃がしても、イオが死ぬ運命は変わらなかったのかもしれない。けれど、誰かの幸せを他人が決めつけるのは間違っている。たとえ生き地獄を味わっても、どんなによそ者扱いされて罵られても、イオはユウリの隣にいられたら幸せだったのかもしれないのだ。

「なんてひどい男たち……」

前世も、現世も。傲慢で残酷な二人だ。

ユウリがなんの罪を犯したのか、それはわからない。生きたままイオを生贄に捧げるところを、ユウリが短刀で刺して殺してしまったのが過ちなのだろうか。

イオの魂を龍神に食われないようにするために、ユウリはあえて彼女を殺した。神の花嫁と言えば聞こえはいいが、すべてを食われるところだったのだ。彼はそれが許せなかったのだろう。

器用に見えて不器用なユウリとシリウスは、間違えた愛を正してくれる存在が傍にいなかった。それは不幸だと思うが、そんな二人に斜め上に暴走した愛をぶつけられたイオと

自分は、たまったものではない。

「……なんてかわいそうな子」

客観的に見れば、イオは憐れな少女だ。幸が薄く過酷な境遇の中で、十四という若さで亡くなってしまった。

彼女は彼に刺されて絶望していた。大切な人だと思っていたのは自分だけで、本当は疎ましく思われていたのではないかと。優しいユウリ様は一度拾った相手を無下に扱うこともできず、妻にしたのも利用価値があったからなのではないかと。

海に叩き付けられる前に息を引き取った彼女の感情が蘇る。最後に残っていた感情は、ユウリに対しての強い疑念だった。

エジェリーはやるせない気持ちになった。

だが、ユウリを赦す、赦さないは、イオが決めること。所詮記憶持ちの生まれ変わりでしかないエジェリーは、当事者にはなれない。

頬を伝っていた涙も止まり、怒りも治まる。過去のこともユウリのことも、エジェリー自身には関係ないが、シリウスのことになれば別だ。

(毎晩ずっとあんな悪夢を見ていたのね……)

エジェリーの記憶が蘇ったのは二年前。そして頻繁に過去を夢で見るようになったのは、シリウスに純潔を奪われてから。だが、一ヶ月に満たない。それなのにこんなにも悩まされてきた。

シリウスは物心がついた頃から前世の記憶があったと言った。それはつまり、この悲惨な過去を、幼い頃から繰り返し見させられてきたということだ。大量の人間が苦しみ、己の決断の所為で死ぬところを。

これでは精神が休まらない。寝るたびに過去の記憶に苛まれていたら。それではまるで、ユウリの罪が続いているようではないか。

流れた涙と一緒に、シリウスへの憎しみが薄れていく。頑なに彼を拒み、拒絶していた心が、すぅっと溶けていった。

逃げてばかりはいられない。いい加減彼に歩み寄らねばならない。

「前世の記憶なんて、なければよかったのに」

お互いに、前世に振り回されている。思い出しさえしなければ、こんな歪な関係にはならなかっただろう。今だけを見つめればいいのだから。

愛している、と自分に訴えてくるシリウスの言葉も、素直に受け止められたはずだ。今はまだ、疑う気持ちが残っている。

「いい加減、終わらせましょう。もう私たちは、過去に囚われるべきじゃないわ」

十分苦しんだ。もう前世に縛られることはない。

熟睡するシリウスの手を握りしめたまま、エジェリーは密かに決意する。せめてこの人が穏やかに眠れるように、過去の戒めから解放してあげたい。

「私も、あなたも、後ろじゃなくて前を見つめないと」

——イオを忘れて、自由になって。

前世の記憶を消して、それでもまだエジェリーを愛していると言ってくれたら。そのときはようやく、エジェリーもシリウスの言葉を信じられる。

イオだから手元に置きたいのではないと、確信を持てるだろう。

真夜中の寝台の上で、エジェリーは女神デメティアと同じ菫色の瞳に、覚悟と決意を宿らせて、じっとシリウスを見下ろしていた。

Ⅵ．魔術師の秘薬

皮肉なものだ、と自嘲めいた笑みが零れる。

かつては自然の恵みに背を向けられ、飢えと疫病に苦しめられたのに。生まれ変わった国は大陸一の豊かな土地。

豊穣の女神を崇め、しかも王族はその女神の末裔とされている。水不足と飢餓に襲われたあの村とは真逆だと、シリウスは遠い記憶を思い出していた。

いつからだろう。夜を恐れなくなったのは。浅い眠りを繰り返し、満足な睡眠がとれたことの少ないシリウスは、一年前にエジェリーと出会ってから徐々に眠れる日が増えていった。

エジェリーに会えた日は悪夢にうなされないことが多い。毎夜のごとく、過去の亡者たちに恨み言を言われ責められてきたが、エジェリーと共に寝た夜は夢も見ずに熟睡できることに気づいた。

前世の罪を、シリウスとして生まれ変わった今も背負い続けることへの苛立ちが薄れていく。

エジェリーはシリウスにとって、まさしく聖女だった。

驚愕に目を見開いたイオの姿は、シリウスの夢の中では黒く塗りつぶされている。

悪夢にうなされ、やすらぎを得られない毎日を繰り返し、空虚なシリウスの心を救ったのは、イオではなくエジェリーだ。

イオの笑顔が見たいのではない、エジェリーの心からの笑顔が欲しい。そう明確に気づいたのは、彼女が体調不良を隠して式典に出席していたときだった。化粧で隠してはいたが、僅かに彼女の顔色が悪かった。それを悟られないように平然と微笑む彼女の振る舞いは正しい。仮にも貴族ならば、他者につけ入る隙を与えてはならない。

しかし何故、下心しか持たない相手に、本心からでないとはいえ笑顔を見せるのだと、理不尽な苛立ちが湧いた。彼らはエジェリーを聖女としてしか見ていないのに。そんな相手に社交的に振る舞う必要がどこにある。なんとでも言ってその場を辞することはできただろう。

いや、心優しい彼女はそんな彼らにも親切なのだ。貴族だろうが平民だろうが、平等に同じ笑みを見せる。それは自国の王太子にも同じこと――。

愕然とした。自分は他の人間と同列なのだと思ったら、自然と足がエジェリーに向いていた。まるでかの国の神話に出てくる白鴉のように、他者に貪られた挙句、周囲を置いていなくなってしまうのではないかという恐怖が湧き上がった。まだエジェリーの心からの笑顔を見られていないのに、自分を置いて消えてしまうなんて、許せるはずがない。

その後半ば強引に連れ去りエジェリーを寝かしつけて、シリウスは己の心の変化を自覚した。ずっと避けていたが、それも今日で終わりだ。この欲求がどこから来るのかわからなくても、これ以上エジェリーを無視することはできない、と。

無限に湧き上がる独占欲に突き動かされるまま、シリウスは彼女を奪った。

エジェリーに告げた彼女を傷つけないという誓いは、偽りのない本心からのものだ。それを彼女が信じているかはわからないが。

（大切にしたいのに、傍にいる私こそが彼女の笑顔を奪っている……）

出会ったその日から警戒心を抱かれ、壁を作られていたシリウスが、エジェリーの心を得るのは難しい。初めから二人の関係は歪んでいたのだ。過去の記憶があるために。

黒鴉になるわけにはいかない。彼女を奪うだけの者にはならない。そう誓いつつも、エジェリーの身体を強引に自分のものにする以外に、彼女を己のもとに繋ぎ止める術を見つけられなかった。

あれから唇ひとつ重ねていない。手を繋ぐことすら、慎重になった。彼女に怖がられないように。

それでも、シリウスがエジェリーを求める気持ちは変わらない。

「シリウス様」と名前を呼ばれた瞬間、歓喜で心が震えた。抑揚のない、甘さの欠片もない声音だったのにもかかわらず。彼女に自分の名前を呼んでもらいたかったのだと悟り、心が温かいもので満ちていった。

（一度壊した関係を修復するのは、至難の業ですが）

エジェリーがイオではないと主張するのと同じように、シリウスもユウリではない。あの男の人格は受け継がれていないし、記憶を保持していても人格は同じではない。

愚かな男の二の舞にはならない。なるわけにはいかないのだ。

「――心、ここにあらずだな」

剣の師であるサジリス・ヴィオルデの打ち込みを真正面から受け止めたシリウスは、長年貼りつけているいつも通りの微笑を見せる。

元騎士団長の総括であり、現在顧問として籍を置いている初老の男は、未だ衰えていない屈強な体軀に力強い剣で、シリウスの相手をしていた。

身体がなまるからたまには付き合え、と誘いをかけてきたのはサジリスの方だ。もはや襲来とも言える押しの強さで、シリウスは騎士団の執務室から無理やり連れ出された。

「机にかじりつきすぎて、腕がなまってるなぁ？」

「ご冗談を。サジリス殿こそ、もう息が上がっているのではないですか？」

「老人扱いするには早いんだよ。俺はまだまだ現役でいける」

ガキンッ！　高い金属音が鼓膜を震わす。刃を潰した模擬試合用の剣で、思考を遮断させるかのごとく、容赦なく打ち込まれる。

豪快で破天荒な騎士団の顧問を慕う者たちは多い。突如始まった一方的な稽古に、遠巻きながら見学者も増えていった。

「幸せの絶頂かと思いきや、辛気臭え顔を晒してんな。溜まりに溜まった鬱憤は、一体どこで発散するんだよ？」

「ご心配には及びません。自分で対処しています」

「対処しきれてねぇから、俺に見抜かれるんだろう、若造が。元聖女様と婚約したお前のふぬけた面をからかってやろうと思ったのに、とんだ誤算だぜ」

子供の頃からの付き合いなので、サジリスは遠慮がない。また侯爵という地位も、彼の態度を後押ししていた。仕えるべき未来の国王への不敬罪が問われないのは、彼の人柄と地位ゆえである。

「まあいい。なにに悩んでいるかはわからないが、存分に悩め。悩めるっていうのは、生きてる証だ。死んじまったらつまらねぇことで悩むことすら叶わない。とりあえず今は身体動かして発散しておけ」

脳みそまで筋肉でできている疑いがある彼らしい言葉だった。

油断と隙を見せたら、すぐに付け込まれてしまう。鋭い気迫と向き合えば、頭を悩ます心配事も一時的に頭の片隅に追いやれた。

(死者は悩まない――。実にこの方らしい言葉だ)

婚約者に愛されるにはどうしたらいいか。少しずつ精神的な距離を縮められていると思っていたが、時折なにか決意を秘めたような菫色の双眸が眩しくて、恐ろしくもなる。心を開き始めていると思うのはシリウスの勘違いで、自分から離れる算段を立てているのではないかと勘ぐってしまうのだ。

いっそのこと、離れられないように離宮に監禁してしまおうか。監視の目をつけて、両親にも最低限しか会わせず、すべての行動を把握して制限すれば――。

(いや、ダメだ。そんなことをすれば、本格的に二人の関係は修復不可能になる)

彼女が嫌がることはしないと決めたのに、不安が常に付きまとう。やはりエジェリーを確実に妊娠させるべきではないか。そうすれば、諦めて傍にいてくれるのではないか。

穏やかな笑顔の仮面の下で、そんな仄暗い欲望が渦巻いているとは、誰も思いもしないだろう。彼女に関することだけは、まともな思考でいられない。もはや病と言えるのではないか。

「男が悩むことなんざ、十中八九、女のことだろう。十も年下の少女に振り回されるとは、お前さんも普通の男で安心したぜ」

「私を一体なんだと思っていたのですか」

鋭い踏み込みをかわしきれず、刀身で受け止める。ビリビリとした痺れが腕全体から肩にまで広がり、あまりの負荷に耐えきれなくなった剣が、パキンと折れた。

地面に刃が刺さり、強制的に稽古は終了する。

「もろいな」と呟き、使用していた剣をしげしげと見つめるサジリスに、シリウスは嘆息する。騎士団の備品が壊れれば、補充しなければならない。部下への仕事を増やさないで欲しい。

「また溜まったら来いよ。相手してやっからよ」

騎士団の備品がいくつ壊されるのだろうと、遠い目をしている副官を横目でとらえながら、シリウスはお礼を告げた。

「次はもっと頑丈な剣を用意して、お待ちしています」

手をさっと振って去っていく粋《いき》な姿は、御年六十を超えているようにはとても見えない。

汗をかいたシリウスは、深呼吸をする。身体を動かせば、サジリスに言われた通り、頭の中もすっきりしていた。

有益な助言をされたわけではない。だが心が少しだけ軽い。

悩みは尽きず、誰かに相談できることでもない。だがなにかを考えることは、生きている人間に与えられた特権だと気づいた。死者には悩み事を告げる口もないのだから。

このまま騎士団ではなく、王城内にある執務室へ行くべきか。溜まっていた書類仕事は終わっているし、特に問題はないはずだ。

使った剣を戻すよう頼んだシリウスは、城の二階を歩く人物を見つけ、目を留めた。

「レオン？」

ベルンハルト公爵家の嫡男であり、シリウスの四歳下の従弟だった。彼が歩く方角にあるものは限られている。そのひとつが、エジェリーが毎日のように通う書庫だ。

王家の血を引くレオンが、城内を歩いているのは不思議ではない。そして必ずしも書庫に向かっているとは限らない。

だが、レオンの前で楽しそうに笑っていたエジェリーのことを思い出し、シリウスはすっと目を細めた。

◆◇◆

記憶を消す決意を固めたエジェリーだが、なにをどうすればいいのかはさっぱりわからなかった。あの古い時代と比べて、医学も進歩し大抵の病には治療法が発見されていたが、意図的に記憶を消す方法などは聞いたことがなかった。

催眠療法をうまく用いれば、他者の記憶を書き換えすることも干渉することも可能だろうが、素人がするには危険すぎる。

都合よく、消したい記憶だけを消す方法なんて、あればあったで胡散臭いし、すべての記憶を消してしまったら、取り返しのつかないことになる。

「でも、前世の記憶を持って生まれる人は、少なからずいるのよね。それなら誰かが発見していてもおかしくないわ」

この日も空いた時間を利用して、エジェリーは書庫に来ていた。

さすがは王国一の蔵書を誇る城の書庫だ。医術書にしても、数百も揃えられている。他国から取り寄せたものまであるが、それぞれの国の言葉で綴られているため、解読できる人間がいるかは怪しい。

すっかり彼女の定位置になった椅子に腰かけて、持って来た医術書の目次を開いた。

精神の負担を軽減させる心の栄養学、と面白そうな題名に惹かれたが、少々方向性が違う。娯楽の部類に入りそうな目次に、エジェリーは首をひねった。

二冊、三冊と次々に本を手に取り、頁をめくる。前世や過去の記憶への対処法など、気になる項目を見つければざっと目を通すが、大して実のあることは記されていない。

重い悩みは一人で抱え込まず、信頼できる人間に話してみましょう――と助言通りにできたら、誰も悩まない。

「綺麗に忘れる方法はないのかしら？」

躍起になって次々と関連書物を書棚から取り出し、机の上にのせる。今日もバスケットと飲み物を持ってきていたが、それは別の机へ移動させておいた。

十数冊目に目を通した後。

関係のない知識だけ獲得したエジェリーは、はたと顔を上げた。

「そもそも、記憶を消すなんて危険な本は、申請さえすれば入れるようなところに置かないのでは？」

閲覧に制限が設けられていたり、禁書指定になっていてもおかしくはない。意図的に誰かの記憶を操作する方法など、陰謀を企む者の手に渡れば問題だ。

はあ、と脱力したエジェリーは、書物の塔ができ上がった隣で突っ伏した。最初からうまくいくとは思っていなかったが、疲れた。

シリウスとは今朝は顔を合わせていない。エジェリーが起きるよりも早く、彼は仕事に向かったのだろう。それは彼女にとっても好都合だった。

エジェリーがシリウスにイオを殺した理由を尋ねたとき、何故だろうとはぐらかすわけだ。シリウスにとっても、ユウリにとっても、それをエジェリーに知られるのは辛いだろう。ましてやシリウスだって張本人ではないのだから、答えようがない。

それに知ってしまったからには、知らなかった頃のように接するのは無理だった。

まさか彼も自分の夢に潜り込まれたなんて、思いもしないだろう。

手を繋いでいたから、意識が同調したのかもしれない。理屈はわからないが、あれが単なる夢だと信じられるほど、エジェリーは楽天家ではなかった。

シリウスが隠したかった秘密を知ってしまったからには、ここで立ち止まるわけにはいかないのだ。過去ではなく未来を歩くために、前世の枷など断ち切らなければ。

「少しお腹が減ったわ」

ドレスの上からお腹を押さえる。そろそろかと思っていた月の障りも、まだ来ていなかった。身体や精神に負荷がかかった月は、周期が乱れることがある。

だが今は目の前のことに集中しようと、エジェリーは隣の机に置いたバスケットのもとへ移動した。中から飲み物とマフィンを取り出し、机に敷いたナプキンの上にのせる。

と、そこで書庫の窓辺に小さな文鳥が止まっているのに気づいた。

真っ白な文鳥は、エジェリーの視線に気づいているのか、窓ガラスを赤いくちばしで小さく叩く。

コツン、コツン。

「え？」

ベリーのマフィンを見て、小鳥に視線を移す。

（もしかしてこのマフィンに興味があるのかしら？）

だが小鳥はじっと彼女を見つめていた。鳥と見つめ合うなんて、初めての経験ではないだろうか。

催促するように、再びコッツン、とガラスを叩かれ、エジェリーは思わず窓を少し開けてしまった。

トン、トンッ、と軽やかに鳥が書庫に入り込む。そしてマフィンがのった机の上へ降り立った。

「お腹が減っているの？」

頭を傾げてエジェリーを見上げる真っ黒の双眸はとても愛らしいが、どこか理知的にも見えた。人間の言葉を理解しているのではないかと思えてくる。

「このマフィンを少し分けてあげるから、大人しくしててくれる？　書庫に入れたと知られれば、私もお前も怒られてしまうから。秘密よ？」

こんがり黄金色に焼けたマフィンの端っこをちぎり、欠片を小鳥に差し出す。すると、すぐさま小さなくちばしでつつき始める様子が可愛らしい。

しかし勝手に餌付けをして、侍女たちに迷惑をかけてしまうのは気が引けた。窓を開けていたら飽きて出ていってくれるだろうか。

じっと様子を見守っていると、背後から堪えきれないといった笑い声が届いた。

はっと振り向いた先には、登城するにはいささか簡素な服装のレオンがいる。

豊穣祭の日に会って以来、二人が会うのは初めてだった。

「レオン様？」

「悪い、エジェリー。笑うつもりはなかったんだが、鳥に話が通じると思っている君が面白くて」

「み、見ていらっしゃったのですね？」

顔に朱が走る。

陽だまりのような温かい笑顔を見せるレオンに言葉を続けようとしたとき、マフィンを食《は》んでいた小鳥が、レオンの方へ飛び立った。

「あ！」

小鳥はレオンと目を合わせると、蜂鳥《はちどり》のように空中で数秒停止し、その姿を一枚の便箋へ変化させる。

「え……？」

目を丸くさせるエジェリーの前で、レオンは平然と小鳥から紙になったものを持ち上げる。驚く彼女の前に、ひらりひらりとそれを振って見せた。

「レオン様、今の小鳥は？」

「見ての通りだ。俺への手紙に変わったな」

一枚の便箋。裏側は白で表にはびっしりレオンに宛てた手紙の内容が綴られているようだ。摩訶不思議な現象に、エジェリーはレオンが滞在していた周辺国家のひとつを思い出した。

「カゼル公国の、魔術？」

「正解。今の鳥はこの紙にかけられた魔法だ。早馬や人の手を借りずに、確実に相手のもとへ飛んでくれる。ただし、晴天の日にしか使えないし、枚数も基本は一枚のみだから、便利なようで不便でもあるがな」

アイゼンベルグでは確認されていない魔術。独自の文化を築くカゼル公国では、魔術を学問として学ぶ。

その国の魔術をエジェリーが目の前で見たのは、シリウスから譲り受けた絵本以来だった。

彼は返事を書く前に周囲を見渡して、扉の方へ進んだ。書庫の扉の外で警備中だったエジェリー付きの護衛を一人、中に招き入れる。

「よからぬ噂が立つと彼女に迷惑がかかるから、俺たちの姿が見える場所で護衛を頼む」

頷いた騎士は、エジェリーたちの声が届かない距離で佇む。視界の端にエジェリーとレオンの姿が映っているため、問題ないだろう。

「申し訳ありません、レオン様。気を遣わせてしまって」

「いや、気にしなくていい。君の立場を考えれば俺が立ち去るべきなんだろうが、ちょっと親父殿に頼まれた調べものがあってね」

目当ての本を手に持ち、エジェリーが座る四人掛けの机の向かい側に腰を落とした。そしてデスクの上に置かれたままだった先ほどの手紙を、ひっくり返す。

文鳥だった紙の裏面に返事を書くと、レオンはなにかを呟いた。すると手紙が自動的に鳥の形へと折りたたまれて、一拍後には先ほどと同じ文鳥に変わる。違うところは、鳥の色だった。

「まだら模様だわ」

「返事を書くと両面がインクでびっしりになるだろう？　だから白と黒のまだらになるんだよ」

小鳥の模様で返事が来たことがわかる。これが一般的な魔術師たちの文通の手段なのかと問えば、魔術師同士ではあまり使っていないそうだ。他にもっと便利な方法があるのだろうとエジェリーは推測する。

他国にはアイゼンベルグとは違う文化が根付いている。そんな当たり前のことを、目の前の小鳥に気づかされた。

ならば、アイゼンベルグでは一般的でなくても、他国なら過去の記憶を忘れる方法もあるのでは？

魔術師のいるカゼル公国でなら、エジェリーの望みが叶えられるかもしれない。

「あの、レオン様」

小鳥を窓の外に放ったレオンが振り返った。

「どうかしたか？　悩み事があるなら聞くぞ」

積み重なっている本の題名を見れば、エジェリーに気になることがあるのは明白である。

目を伏せて言いよどんでいる彼女に、レオンは核心に触れる発言をした。

「言いにくいなら答えなくていい。シリウス兄上とうまくいっていないのか？」

「……っ！」

小さく息を呑んだエジェリーは、目の前に座るレオンと視線を合わせる。柔らかな茶色の瞳に、鋭さは感じられない。黙ってエジェリーの言葉を待つレオンに彼女は首を左右に振った。

「殿下は関係ないわ。……ただ、私の夢見が悪くて」

「夢？　悪夢の類《たぐい》か？」

「ええ、毎晩辛い夢を見るの。見たくないのに、自分では制御がきかないの」

「それは、気になることが解決できていないとか、そういうことが原因なのではないか？」

エジェリーは再び緩く首を振る。理由は教えられないが、そう簡単な問題ではない。

「忘れたい記憶を消す方法があればいいのですけれど……。なかなか見つからなくて」

「なるほど、忘れたい記憶を消す方法か……。カゼルの魔術師なら可能だな」

「ほ、本当ですか？」

「そのくらいは魔術師にとっては簡単なことだ。一種の精神安定剤として使われている。魔術師の指導のもとでその秘薬を使う方が、安全ではあるがな」

「危険な薬なのですか？　副作用や後遺症をもたらすような」

顔色を青くさせたエジェリーに、レオンはわからないと答える。

「あんまり落ち込むなよ。聞いてみてやるから。記憶を消さずとも、悪夢を見なくなる快眠効果のある香とか、あっちには面白いものがいっぱい売られているぞ。秘薬が手に入らなかったら、悪夢を食べるという魔除けの置物も持って来よう」

「そんなものが売られているんですね……。カゼル公国って不思議な国」

立ち上がったレオンは、なにかわかったら先ほどの文鳥を遣わせると言い残して、書庫を去った。

◆
◇
◆

——レオンの友人であるカゼル公国の魔術師から、悪夢の元を消すことのできる秘薬が送られてきたのは、エジェリーが就寝の支度をしていたその日の夜のことだった。

精神安定剤の一種として扱われている副作用も後遺症も残らない薬を、まさかこんなにも早く用意してくれるとは思わなかった。にわかには信じがたい。

この秘薬は、忘れたい記憶を思い出させなくする薬らしい。

心の奥には残るだろうが、普段は忘れている。思い出そうとしてもその記憶を封じているため、ふとした瞬間に思い出すこともなければ、悪夢にうなされることもない。

魔術師自らが治療を施せば、完全に記憶を消去することも可能だそうだが、さすがに他国の王城に招くのは難しいとのことだった。

前世の記憶もこれで封印できるのだろうか。ユウリとイオの二人を閉じ込めて、心の中から消してしまえば、きっと楽になる。

しかし魔術師から届いた薬は、たったの一錠。恐らく大量生産ができない貴重な薬なのだろう。前世の記憶を消したいのはエジェリーも同じだが、シリウスはエジェリーがいなければ夜も安眠できないほど辛い思いをしている。この薬が必要なのは彼の方だ。

逡巡の末、彼を優先するべきだと判断し、魔術師からの手紙に目を通した。

大陸共通語で書かれた説明書を暗記する。薬を飲んだ直後に、忘れたい記憶の鍵となる言葉を口にすればいいらしい。鍵となる言葉だけでも効果が出るなら、シリウスの場合はユウリとイオでいいだろう。寝る前に秘薬を飲ませてエジェリーが言えばいい。

この二人に関するすべての記憶を忘れたい、と。

Haruki Bunko
ハルキ文庫

は 3-26

闇《やみ》の水脈《すいみゃく》 麻布《あざぶ》署生活安全《しょせいかつあんぜん》課《か》 小栗烈《おぐりあきら》Ⅲ

著者 浜田文人《はまだふみひと》

2017年1月18日第一刷発行

発行者 角川春樹

発行所 株式会社角川春樹事務所
〒102-0074 東京都千代田区九段南2-1-30 イタリア文化会館

電話 03(3263)5247(編集)
03(3263)5881(営業)

印刷・製本 中央精版印刷株式会社

フォーマット・デザイン 芦澤泰偉
表紙イラストレーション 門坂 流

ISBN978-4-7584-4063-9 C0193 ©2017 Fumihito Hamada Printed in Japan
http://www.kadokawaharuki.co.jp/[営業]
fanmail@kadokawaharuki.co.jp[編集] ご意見・ご感想をお寄せください。

浜田文人の本

伝説の「公安捜査」シリーズは、ここから始まった!!

続刊「公安捜査」シリーズ

公安捜査Ⅱ 闇の利権
公安捜査Ⅲ 北の謀略
新公安捜査
新公安捜査Ⅱ
新公安捜査Ⅲ
傾国 公安捜査
国脈 公安捜査
国姿 公安捜査

Haruki Bunko
ハルキ文庫

「私の独断でこんなことをしたら、殿下は怒るわよね……」

だが、自己満足と言われても構わない。シリウスはかつての記憶を忘れて解放されるべきだ。

星空を凝縮させたような、美しいラピスラズリ色の秘薬。小粒の真珠ほどの大きさだ。

果たしてどうやって飲ませればよいか。

そのまま水で飲むのがよいのだろうが、できれば飲み物に混ぜて飲ませたいところだ。

秘薬を届けてくれた理知的な烏にお礼の手紙を咥えさせる。お代はレオンに預ければいいとのことだった。

小物入れの中敷きを外して、説明文の紙を小さく畳んで仕舞う。そのまま中敷きを戻し、中に入っていたブローチや髪飾りなどを戻した。

（この秘薬は機会が巡ってきたときに飲ませられるよう、肌身離さず持ち歩かないと）

手巾で丁寧に包み、寝台の横にあるナイトテーブルの引き出しにでも入れておくかと思っていたそのとき。いつもよりも早く、シリウスが隣室の続き間から現れた。エジェリーは咄嗟に枕の下に秘薬を隠す。

「珍しいですね。読書中ではなかったのですか」

「今日は昼間に集中して読んでいたものですから」

騎士団の制服を纏ったまま現れた彼は、普段よりも少し余裕を失っているように見えた。

エジェリーの寝室へ訪れるときは必ず、自室にしている続きの間で、湯浴みをして就寝の準備を整えてからやって来るのに。

今日はなにかあったのだろうか。

怪しい行動を見られていたのではないかと、エジェリーの心臓は落ち着きをなくす。寝台から下りて、シリウスに飲み物を尋ねた。

「なにか飲まれますか？」

「……ええ、それでは、お水を」

用意されていたグラスに水差しから水を注ぎ彼に手渡した。

「ありがとうございます」

目の前で立ったまま水を飲み干すシリウスをじっと見つめる。

(なんだか空気が……冷たい。苛立っている？)

シリウスは飲み干したグラスをナイトテーブルの上に置いた。

「殿、……シリウス様？」

名前を呼ぶと静かな目で見つめられ、心臓がドキッと跳ねた。

いつもとは違う緊張を覚え、鼓動が速まる。

「今日は、なにをされていたのですか？」

静かな声音で問いかけられた。

柔らかなテノールが、鼓膜をふるりと震わせる。

ネグリジェの上にショールを羽織った姿で、エジェリーは長椅子に座らされた。その隣にシリウスが腰を掛けて、彼女の動きをさりげなく制限する。

「今日も、予定が空いた時間は書庫で調べものを」

「あなたは毎日熱心になにかを調べているとか。昨日は周辺諸国の建国神話、一昨日は我が王家の系譜。勉強熱心なことですね」

「……一度気になったことは、自分で調べないと気が済まないので」

探りを入れられている気分だ。慎重に言葉を選ぶ。

月の雫を一滴混ぜたような美しい銀髪をかきあげて、シリウスは深海を匂わすサファイアの瞳をエジェリーに向ける。

エジェリーの双眸が、緊張で僅かに揺れた。彼女の一挙一動を見逃すまいとするかのように見つめながら、シリウスは核心に迫る。

「お探しの村の情報は、見つかりましたか？」

「……っ！」

国ではなく、村。何故村だと断定できるのだろう。

(企みに気づかれている？)

答えられないエジェリーにシリウスが続ける。

「満足するまでじっくりお探しになるといいでしょう。私はあなたがすることに干渉はしません。ですが、あの村を探したいのなら無駄ですよ。私は十になる頃には、あの書庫に保管されている歴史書は読みつくしました。それでも特定できる要素は見当たりませんでした」

あそこには前世に関わる文献はなにひとつ残っていないのか。やはり無駄だったかと思う反面、あの膨大な書物を十歳の子供が調べつくしていたとは。彼はそれだけ苦しんでいたのだ。

「シリウス様は何故、かつての村を探していたのですか」

「……疎ましかった、のでしょうね。毎晩繰り返し夢に出てくるので。特定して情報を得ることができれば、なにかが変わると思いたかったのかもしれません」

「そうですか……」

それならば余計、前世の記憶なんて消えてしまった方がいい。過去の罪はシリウスの罪ではないのだから。

「では、本日はレオンとなにをなさっていたのですか」

「え？　レオン様？」

突然の問いにエジェリーは訝しんだ。

「会っていたのでしょう？　書庫で」

護衛がいれば、エジェリーの行動など筒抜けだ。

レオンとは偶然鉢合わせただけなのだが、それを逢い引きしていたと誤解されれば、レオンにも迷惑がかかる。

エジェリーは普段通りの声で、簡潔に説明した。

「ベルンハルト公爵に頼まれて、書庫にいらしたそうですわ。私は偶然、そのレオン様と遭遇しただけです」

「随分と仲睦まじい様子だったと、報告が上がっていますが」

「兄の友人ですもの。幼い頃から交流があったのですから、そう思われても不思議ではありません。護衛の騎士も、目の届く範囲にいましたわ」

これは、嫉妬なのだろうか？

柔和な空気に不機嫌さが滲んでいる。緩く口角を上げたまま、目は笑っていない。緊張感が漂い、僅かにエジェリーは身じろぎした。

「あなたはまだわかっていないようだ。私はとても、嫉妬深いんですよ。仲睦まじいと思われる表情を、レオンには見せていたということでしょう？　私が決して見ることの叶わないあなたの笑顔を」

シリウスが自嘲気味に嗤う。

すべてを諦めているのに、諦めきれない。届かない望みとわかっていても、それでも手を伸ばさずにはいられない。そんな、葛藤にも似た苦悩が、彼の表情から窺えた。

「シリウス様」

「あなたに名前を、呼んでもらえるだけで幸せを感じられていたのに。どうして人間は、欲深くなるんでしょうね……。笑った顔と同じくらい、あなたを泣かせてみたくなる」

ひどいことはしたくない。けれどめちゃくちゃに壊してしまいたくもなる。

狂気にも似たシリウスの歪みを垣間見て、エジェリーはしばし言葉を失った。

「もう一度訊きます。レオンとなにを話されていたのですか」

「それは……」

カゼル公国の魔術師の鳥に、記憶を消す手段。どちらもエジェリーの判断で勝手に話せることではない。ましてや魔術師には秘密が多い。レオンから聞いたことをシリウスに話していいものか、判断がつかなかった。

(悪夢の元を消したいと相談してたなんて、言えるわけがないわ。言ったら彼の夢に入りこんでしまったことも話す羽目になる)

「私に言えないことを話していたのですね」

後ろめたいものがあると解釈し、シリウスはエジェリーの華奢な手を握る。

「言えないこと、とは。一体どんなことでしょう」

苦し紛れに問いかけると、シリウスは「さあ?」と小首を傾げた。

「たとえば、駆け落ちの算段でもつけていた……とかでしょうか」

「駆け落ち、って……。なにを馬鹿げたことを」

「ええ、本当に。実現不能な馬鹿げた話です。そもそもあなたはこの城から逃げられません。万が一逃げたとしても、私はどこまでも二人を追いかけますし、レオンのことも許すことはない」

シリウスは反対側の手でエジェリーの頬に触れようとしたが、その手を引っ込めた。エジェリーの紫の双眸が不安に揺れる。

摑まれている手が冷たく、お互いの体温は共有されていない。まるで透明な膜に阻まれて、うまく溶け合わないようだった。

「もう名前を呼ばれるだけで満足なんてできません」

怯える彼女の手だけを握り、シリウスはことさら優しく問いかける。

「私が怖い？　エジェリー。無理やりまたあなたを襲うのではないかと、恐ろしいですか？」

キュッと口を結んだエジェリーは、シリウスを見上げた。

「二度と、私を傷つけることはしないと、おっしゃいましたわ」

「ええ、約束しました。ですから私はあなたの許しがない限り、これ以上触れる真似はいたしません。でもそれだとあなたに罰を与えられない」

「罰……？」

不穏な言葉にエジェリーは身を強張らせる。一体なにを要求してくるのかと、身構えた。

「あなたは私の唯一の人で、私もそうでありたい。ですが、好奇心旺盛な小鳥は、安全な籠から出て空を求めるでしょう？　それを手助けする者の手に導かれて」

小鳥、という言葉に心臓が跳ねる。

書庫で護衛が立っていた位置的に、手紙が小鳥に変化したところは見られていないだろう。

けれど、どこからともなく現れた小鳥を外へ逃がした――。そういう報告を受けたら、シリウスはなにを想像するだろう。うまく働かない思考では彼の考えが読めない。

「ですから逃げる意志を持たせてはいけない。たくさん小鳥を甘やかして、ここは居心地がいいところだと思わせるのも大切ですが、外への夢を抱かせないようにもしなくては。甘やかしすぎてもいけませんね」

「私が、その小鳥だと……？」

「いいえ？　たとえ話です」

薄らと浮かべる微笑が残酷なまでに美しくて恐ろしい。真意を見透かせないその仮面は、長年完璧な王太子を演じ続けて周りを欺いてきたものだ。そうたやすく壊れるはずがない。

もしこのままシリウスを拒絶し続けたらどうなるか。精神が壊れかけている彼は、エジェリーを本気で離宮に監禁するだろう。最小限の自由しか与えられず、いつしかエジェリーの精神もおかしくなるかもしれない。

それでは誰も幸せになんてなれない。エジェリーは慎重に言葉を探した。

薄桃色のネグリジェの上に羽織るストールを、空いている片手でギュッと握る。

「私は、もうシリウス様を恐ろしいと思っていません。むしろ好きになる努力をしたいと思っています。ですが、今のままではあなたのことを信じ切ることは、できません」

そう、今のシリウスのままでは。

ユウリとイオの記憶が邪魔をする。いくら彼が前世は関係ないと言っても、あの過去を見てしまった後では信じられそうにない。

壮絶で悲惨な末路の中心には、一人の少女がいたのだ。何十年もひとりきりで想い続けていた少女の生まれ変わりに出会えて離したくないと思うのは、至極当然だ。

だからこそ、彼がいくらエジェリーに愛を囁いても、今のエジェリーには届かない。

(私がこの人をどう思っているのか……本当のところ、まだよくわからないけれど。でも、以前みたいに理解できなくて恐ろしいだけの人ではないわ)

愛しているから殺す。ユウリの真意を知った今は、違う感情が芽生えていた。切なくて腹立たしくて、彼のことを身勝手だと思うけれど、憎みきれない。

エジェリーは自分からシリウスの手を握った。摑まれている手の上にもう片方の手を重ねて、ギュッと押さえる。己の体温が少しでもシリウスに伝わるように。

「私の願いをひとつ、聞いてくださいますか」

「……そうですね。それなら、私の言うことにあなたが従えば、私もあなたの願いを叶えましょう」

嘘をつかないと約束したシリウスの言葉は信用できる。ほっと安心するが、一体何を命じられるのだろう。不安を覚えつつも、取引内容を聞いた。

「あなたに触れない代わりに、ご自分で慰めているところを見せて欲しい。簡単なことでしょう？」

「慰める、って……」

「前回使用したものより少し効果が薄い媚薬を用意してあります。あのときのように、途中で理性が切れることはないでしょう」

下卑た笑みでもない、色香漂う端整な顔に薄くのせられた微笑が、まるで妖のように美しくて目を奪われる。

（本気なの……？）

とんでもない提案だ。シリウスがこんな表情で言わなければ、エジェリーは感情のまま激怒していたかもしれない。だが、いつも以上に艶やかで真剣な眼差しに、エジェリーはしばし言葉を失った。

奇妙な覚悟がエジェリーの中で芽生える。

「……わかり、ました。それが条件ならば。では、私があなたに従えば、シリウス様は私が差し出すものを、飲んでくださいますか？」

今は寝台のベッドの枕元に隠してある、夜空を凝縮させた瑠璃色に輝く不思議な薬。薬だと言われない限り、一瞬宝石と見紛うだろう。

「それをあなたが望むなら」

どんなものかも訊かずに了承するシリウスに、エジェリーは眉をひそめた。

「なにが入っているかもわからないものを、あなたは受け入れるのですか？」

王太子に毒を盛ったらエジェリー一人の刑では済まない。一族郎党縛り首にされる大罪だ。当然そんなことをするはずがない。

だがあまりにもあっさり頷くシリウスを見て、肌が粟立った。この男なら、毒だとわかっていても自分から進んで飲んでしまう。そんな危うさを孕んでいる。

「あなたが私に与えてくださるものなら、毒と知りつつ飲むのも悪くない。愛する女性に殺されるなら本望です。あなたの顔を見つめながら逝《い》けるのであれば。私の最後の心まで、エジェリーに捧げられますから」

それは、偽りのないシリウスの本音だと感じた。

……ああ、本当に。こんな状況は狂ってる——。

彼を狂わせてしまった原因はユウリとイオ、そしてエジェリーだ。

エジェリーが彼と出会わなければ、彼はここまで誰か一人に執着することも、狂気に似た愛を囁くこともなかっただろう。

だが同時に思う。

もし出会わなかったら。誰にも理解されない孤独を抱え、周りにたくさん人が溢れていても彼はずっと一人きり。

記憶が残っている限り、シリウスが過去の戒めから解放される日も、救いも訪れない。

エジェリーはそっとシリウスの手を離す。色を失いかけた唇を開き、深い青色の瞳をじっと見つめた。

「約束を違《たが》えないでくださるのなら。あなたの仰《おお》せのままに」

エジェリーは肩に羽織るストールを、はらりと床に落とした。


寝台に移動したエジェリーは、シリウスに命じられた通りに動いた。

「それではよく見えませんよ。膝の裏を抱えて、ちゃんと開かないと」

目の前の長椅子に腰かけたシリウスは、ゆったりと足を組み直し、視線の先のエジェリーを見つめた。恥じらいつつも、彼女は己の両脚をさらに開いて見せた。目を瞑る少女は、いじらしく愛らしくて、男の嗜虐心を煽る。

「エジェリー、誰が目を閉じていいと言いましたか？」

「っ……」

金色の睫毛が震える。瞼を押し上げ、僅かに潤んだ菫色の双眸が現れた。

揺れる視界がシリウスをとらえる。

視線がぶつかり、シリウスは愉悦を感じたように頬を緩める。

「いい子ですね、エジェリー。さあ、下着をなくしたあなたの可愛いところを、もっとよく見せてください」

ネグリジェの裾を引き上げて、目元を赤く染めたままエジェリーはシリウスを見つめ続けた。媚薬を塗られてもいないのに、シリウスの色香にあてられて、くらくらと淫靡な空気に酔いそうになる。

秘すべき場所をじっと見られている。熱い視線を感じ、エジェリーの下肢がしっとりと潤いを帯びる。視線のみで犯されている気分だ。

シリウスは己の手では触れずに、エジェリーの痴態を静かに見守る。

薄明かりの中でも、隠されたその場所は赤く色づいているのがわかった。

下着を取り払い、ネグリジェの裾をめくりあげているエジェリーに、シリウスはさらに命じる。

「先ほど渡した小瓶があるでしょう。その中身を手の上に垂らしなさい」

香水瓶よりも小さくて繊細なガラス細工。

蓋を開ければ、薄い桃色の液体から甘い花の香りがした。

小瓶を傾ける。とろみのついた液体はひんやりと冷たいが、すぐに体温で温まった。

「あなたの愛らしい秘所に、たっぷりと塗り込むのですよ」

「何故、媚薬を使う必要が」

「あなたが快楽に抗う姿を眺めたいので」

(悪趣味だわ……)

心の中で悪態を吐く。

理性を必死に保ちながら抵抗する姿が見たいなど、いい趣味をしている。

命じられた通りにエジェリーは手を動かした。身体を洗うとき以外には触らない場所に、恐る恐る触れる。

体温で少し溶けた液体が、粘膜に触れた瞬間、じわりと熱を持った。この感覚には覚えがある。

「しっかりと指を使って、隅々まで塗り込むのですよ」

心を無にして従う。恥ずかしくなんてない、命じられたことをしているだけだからと、自分自身に言い聞かせる。

「エジェリー、ちゃんと私を見なさい」

視線を逸らすと、すかさずシリウスから叱責が飛んだ。

「……っ、は、い」

目を逸らすことは許されない。

小瓶の中身を半分ほど使い、指示通りに粘膜に媚薬を擦りつけると、薬か自分の愛液かもわからない粘着質な水音が、下肢から響く。

恥ずかしさから耳を塞ぎたくなったが、片手で膝を固定し、もう片手で蜜壺を弄る彼女には、塞ぐ手がない。

まんべんなく擦りこまれた媚薬は、粘膜で完全に溶けた。薄い桃色は体温に触れたと同時に透明になり、じわじわと浸透していく。

「ん……っ、ふぅ……」

（――熱い）

むず痒さに耐えきれず、呼吸は荒くなり、体温は上昇していく。

ずくりと下腹が疼き、お腹の奥からなにかがせり上がって来る。

「あ……やぁッ」

「気持ちよさそうですね？　エジェリー」

シリウスと目線を合わせたまま、彼女は首を左右に振った。慣れない快感に翻弄されるのは、経験の浅いエジェリーには辛い。

緊張や恐怖とは違うなにかが己の身体を苛む。

触れられてもいないのに、愛液が蜜壺から垂れてくる。花芯に恐る恐る触れれば、びりっとした快感が身体を駆けた。

「ああっ……！」

長い彼女の淡い金髪が、ネグリジェの上で軽やかに躍る。

「いやらしい身体ですね。私に見られているだけで感じているのですか？」

「ちが、……そんな、こと」

「ちゃんと感じて、しっかりと指の根本まで咥え込んでくださいね。あなたが気持ちよく悦ぶ姿が見たいのですから」

指を自分で膣の中に入れる。そんな経験は、当然ながらない。

人差し指を、恐る恐る突き入れた。硬い蕾は媚薬の効果で幾分かほぐれており、エジェリーの細い指をすんなり呑み込んでいく。

自分の胎内に指を入れる感触に怯む。すぐに抜き去ってしまったが、シリウスから名前を呼ばれ、再びゆっくりと中に指を差し込む。

熱い内壁が柔らかくエジェリーの指に絡み、吸い付いた。きゅうきゅうと絞りとるように、中が蠢く。

「指一本では物足りなそうですね。既に熱く蕩けているでしょう？　もう一本、指を差し込んで気持ちいいところを探しなさい」

「気持ち、いい……ところ」

頭がぼんやりと熱に侵されてきた。身体の内側にもネグリジェの下にも熱がこもる。口から漏れる吐息には甘さが滲む。

「んぅ……ッ、ふっ、あん」

「快楽をうまく拾うのですよ。気持ちいいと思うことは罪ではない」

理性を崩壊させようと誘導するシリウスは、まるで悪魔の使者のようだ。美しい銀髪が月明かりに照らされて、中性的な美しさがより際立つ。女神の末裔に相応しい彼から発せられる言葉は、エジェリーを奈落の底へと突き落とす。

「い、ヤ……いや、やぁ……」

ふるふると首を振って拒絶すると、シリウスは艶然とした微笑みを深めた。

「嫌？　何故？　気持ちいいことは好きでしょう？」

柔らかな声音で諭すシリウスは、迷える子羊に救いの手を差し伸べる神の使いのようでもあった。

「淫らな姿を晒すことは、奥底に沈んだ欲望を浮上させて解放すること。不安も怯えも消して、ただ快楽を享受すればいいのです」

そうすればきっと、嫌なことも忘れられる——。悪魔のような囁きに、エジェリーは首を緩く左右に振った。

「イヤ、……だ、めぇ……ふぅ、あっ、あんん」

理性に靄がかかる。ぼうっとする思考の中でも、聴覚は敏感だ。

ぐちゅぐちゅと淫猥な音を響かせ、欲望を高める。嫌だと思うのに、麻薬に似たシリウスの声から解放されそうにない。

「二本でも物足りないようですね。では、三本にしましょうか」

「さん、本……？」

細くて華奢な指では、なかなか気持ちいいところに届かない。三本に指を増やしても、圧迫感が増すだけで、うまく快楽を拾えない。時折びりっとしたなにかが身体の中を巡るが、大きな波には繋がらなかった。

物足りないと、媚薬を塗られた身体が疼きを訴える。

「やぁ、……ダメ、これじゃ、……っ」

生理的な涙が頬を伝う。

煽情的でありながら穢れなき乙女のようにも見えるエジェリーの痴態を、シリウスは目を細めてじっと見つめ続けた。

「不服ですか？」

頷きたくない。でも頷いてしまいたい。

思考がせめぎ合い、衝突する。相反する気持ちがエジェリーを混乱させた。

「では、そろそろネグリジェも脱いでしまいましょうか」

「ッ……！」

エジェリーは下着を取り払い、下半身を露出させていたが、上半身は未だに乱れていない。少しでも身体を隠せる方が、羞恥心が薄れる気がしたのだ。

エジェリーはシリウスの命令通り、中に入れていた指を引き抜いて、首の後ろのリボンをほどく。身体に力を込めなければ、すぐにベッドに倒れてしまいそうだ。

リボンがほどけると、襟ぐりが大きく開いた。肩が露出し、際どいところまで胸をさらけ出される。エジェリーは、震える指でネグリジェの裾を持ち上げた。

倒れないよう気をつけながら一度足を閉じて、頭から脱ぐ。就寝時に胸当てをつけていない彼女は、ネグリジェを脱いでしまえばすぐに生まれたままの姿を晒してしまう。

身体は火照っているため、寒さは感じない。

だが理性の残る頭が、身体を隠せと訴える。

「残りの媚薬を胸に塗りなさい」

震える手で、残り僅かな媚薬を手にとり、胸全体に擦りこんだ。

粘膜に塗り込むよりも効能は多少薄れているようだが、肌が敏感になっているのがわかる。じんわりと胸が熱く疼き、むず痒くなっていく。

胸の先端に軽く指が触れただけで、エジェリーの口から艶めいた声が零れた。

「あぁ、……ッん、！」

慌てて口をキュッと引き結ぶが、高まる熱に身体が言うことを聞かない。

「さあ、好きに触りなさい。あなたが気持ちよくなれるように」

砂糖のように甘く淫らな誘惑。

そのまま従い、快楽だけを感じていたい。理性を飛ばして、ただ気持ちいいことだけを追求すればいい。

じくじくとした下腹の疼きと身体の火照りが、エジェリーの思考を奪っていく。とろりと垂れる蜜が太ももを濡らし、シーツにしみを作っていた。赤く色づいた花弁が物欲しげに震え、刺激を待ち望んでいる。同じくぷっくり膨れた赤い胸の先端も、欲望を反映させていた。

こくりと唾液を飲み込んで、胸に両手を伸ばす。エジェリーの手には収まりきらない柔らかな双丘を、強弱をつけながら形を変えた。

身体を洗うときは触ってもなにも感じないのに。掌の中心で押しつぶされる頂が、ビリビリとした刺激を与えて気持ちいい。

呼吸が速まり、喉が渇く。

まるで酒精を摂取した後のような酩酊感に、眩暈がしそうだ。

腰が揺れ、膝をこすり合わせる。指でぐちゃぐちゃに秘所をかき回したくてたまらない。そんなはしたないことを、と頭の片隅では考えるが、身体の欲求には逆らえそうになかった。

「ふぅ……、あん、ぁあ……っ、く、ぅん……ッ」

「なんて淫らで愛らしい。気持ちいいですか？　エジェリー」

苦しい、気持ちいい、辛い、もっと。

高まる熱が出口を求めて膨らんでいく。

秘所の奥は熱くぬかるんでいる。うずうずとした疼きと共に、むず痒さも増した。強い刺激が欲しい、熱いなにかで内壁をこすって欲しい。そんな欲求が、エジェリーを苛んでいく。

「も、ヤぁ……」

堪えきれなくて、片手を蜜壷へ伸ばす。ぐずぐずに蕩けたそこへ指を挿入し、快感を求めて蜜壷をかき混ぜた。

粘着質な水音が耳まで犯す。

（足りない、刺激が足りない。もっと、もっと奥まで欲しい……）

親指で花芯を弄る。

すると、全身に電流が走り、目の前がチカチカと明滅した。

「あ、ああ――……ッ！」

　どっと汗が流れる。

　軽い絶頂を味わうが、それでも身体の疼きは止まらない。

「達せられたようですが、満足されていませんね」

「ふぁ、ん……も、許して……っ」

　エジェリーは上気した顔で涙を浮かべた。

　苦痛と快楽のはざまを行き来する姿は、凄絶な色香をまき散らす。

　淫らな欲に囚われた聖女。そんな彼女の姿を、シリウスはうっそりと見つめた。愉悦を含んだ眼差しをエジェリーに向ける。

「なにを許されたいのでしょう？　私はただ、あなたに気持ちよくなってもらいたいだけですよ」

「はぁ、あぁっ……、んくぅ」

　エジェリーはくしゃりと顔を歪め、首をふるふると左右に振った。

　彼を睨みつける視線は、情欲の色に塗り替えられる。怒りと苦しさは、とろりとした快楽の炎で焼き消された。

　エジェリーの瞳に拒絶の光が浮かぶ。少し力を込めて背中を押せば、彼女は抗いがたい快楽の沼に落ちるだろう。

彼女の痴態と強情さに、シリウスは口角を上げた。

「シリウス、さま……」

「私はあなたがちゃんと自分で達せられたら、それで終わりにしてあげるつもりだったのですが。快楽を拒絶しつつも求めるなんて、とても矛盾していますね」

長椅子に座ったまま、シリウスは動かない。ただエジェリーの痴態を眺め、静かに微笑んでいるだけだ。

中途半端な快楽がエジェリーの身体を苛む。

ここで止めていいと言われても、それは拷問に近い。

「シリウス様……、おねがい、許して……。つらい、くるしい、の……んっ」

「それではわかりませんね、なにを望んでいるのか。エジェリーはどう許されたいのですか？」

なにを望んでいるか。それはただひとつ。

目の前の男に抱いてもらいたい。火照った熱を鎮めて欲しい。

湧き上がる衝動が、エジェリーの理性を超えた。

「……だ、いて……。もう、切ないの……」

くしゃりと顔を歪め、ぽろぽろと涙を零す。

嗚咽を漏らしながらも、身体の疼きは止まらない。

ふるふると震え、呼吸を乱す可憐な少女は、目の前の男には愛らしく、愚かで、清らかで、淫らに映る。扇情的な仕草で己を寝台に誘う元聖女の姿に、仄暗く光るシリウスの瞳が歓喜に輝いた。

涙声で自分の名前を呼ぶエジェリーを見つめたまま、シリウスは長椅子から立ち上がった。そして自慰行為を続けるエジェリーの両手首を握り、そのまま仰向けに押し倒す。

「私が欲しい？　あなたは、嫌いな男に抱かれたいと言うのですか？」

意地の悪い質問だ。シリウスはとことん自分もエジェリーも追い詰める。

容赦のない真っ向からの問いかけに、エジェリーの潤んだ瞳が揺れた。小さくこくりと唾を飲み、己を見下ろす青い双眸を見つめる。

「ひどい、人……。あなた以外の、誰を……求めればいい、の」

他の男を見ることなど許さないのに。

涙を零すエジェリーの目尻へ、シリウスはそっと口づけた。優しく労るようなキスに、彼女は逸らした視線を目の前の男へ戻す。

「ええ、私以外の男を求めることは許しません。……私に、あなたに触れる許可をくださいますか？」

数秒の間を置いて、エジェリーがこくりと頷いたのを見て、シリウスは彼女の唇を味わった。

純潔を散らされてから初めての口づけだ。熱い舌を絡められ、口腔を攻められる。上顎も歯列も割って、すべてを暴くように衝動のまま貪られた。

お互いの唾液が混じり合い、飲みきれない唾液がエジェリーの口から零れる。

酸素を奪われ、うまく呼吸ができていないエジェリーに、唇を離したシリウスは鼻で息をするよう伝えてくる。けれど、彼女がその言葉の意味を考えている途中で、彼は再びエジェリーに口づけた。

「ん……っ」

「あなたの唇は、本当に甘いですね。赤く腫《は》れて艶めかしく誘ってきます」

潤んでいた視界が鮮明になると、シリウスの表情が至近距離で窺えた。唾液に濡れた形のいい唇に目を奪われる。凄絶な色香を放つ王太子は、上半身を起こして騎士団の制服を脱ぎ始めた。

肩章や飾緒、襟章などで飾られた上着をばさりと床へ落とす。そのままシャツも手早く脱ぐと、均整がとれた美しい裸体が露になった。

細身だが鍛えられている。荒事などとは無縁に見えるが、騎士団に所属しているのだから筋肉が割れていても当然と言えば当然だった。

シリウスはエジェリーの首筋から鎖骨へと口づけていく。時折チリッとした痛みが走った。丹念に肌に吸い付かれ、所有の証を刻まれていく。

「ああ……ん」

僅かな痛みさえも快楽に変換されていく。まるでこの短時間で、快楽に貪欲な身体に作り替えられたようだ。お腹の奥が熱くうねり、子宮が切なさを訴える。

「シリ、ウスさま……」

「もっと？」

「もっと……」

確かな刺激が欲しい。そう言う前に、彼はエジェリーの胸元に吸い付き、赤い華を散らした。

「ふっ、あ……ああん、ひゃあッ――……！」

自分の手ではない手が、胸を弄っている。外側から内側へ寄せては、時折胸の頂を押しつぶし、刺激を与える。シリウスの手に収まる小ぶりの胸は、淫らに形を変えた。

「この実も赤くて甘そうですね」

ぱくりと口に含まれた胸の先端を、シリウスの舌で転がされる。乳輪を舌先でぐるりと舐められて、甘やかな嬌声が口から漏れた。

「ああ……っ」

愛液が奥から溢れて太ももを濡らしていく。それに気づいたシリウスが、手をエジェリーの下肢へ伸ばした。

「あなたは感じやすいのですね。こんなに一人で濡らして。清楚で初々しい外見とは裏腹に、とても淫乱だ」

「……っ！」

辱《はずかし》めるような言葉に顔が瞬時に赤く染まった。

零れる蜜を指ですくい、目の前で舐められる。そして、そこに直接唇を寄せようとするシリウスに、エジェリーは制止の声を上げた。

「やっ、ダメです……！」

くすりと微笑み、シリウスは躊躇いもなく蜜を零す秘所へ口づけ、舌を差し込んだ。

「ひゃあ、ア……ッ」

「私がならす必要はなさそうですね」

じゅるりと愛液を吸い上げ、シリウスの喉仏が上下する。

花芽を舌でつつかれ、カリッと甘噛みされ強く吸い付かれた。己の指で達したときより大きな絶頂を味わい、断続的な嬌声が漏れる。

「ああっ、ヤぁああ――……っ！」

ふわりとした浮遊感に襲われた後、筋肉が弛緩する。

エジェリーは絶頂の余韻に浸り、荒い呼吸を繰り返した。

その間に衣服をすべて脱ぎ去ったシリウスが、エジェリーの太ももを持ち上げて唇を寄せ、内側の薄い皮膚に所有の証を刻んだ。

「ンン……ッ」

白い肌にいくつもの花が咲く。情欲を隠しきれないシリウスの瞳は、まっすぐにエジェリーへ向けられていた。

くたりと寝台に横たわっているエジェリーの乳房が、呼吸をするたびに揺れる。劣情を煽りたてる姿にシリウスは艶めかしい吐息を零した。

「エジェリー」

彼女の名前を呼んだ一拍後。シリウスは、淫らに誘う媚肉へ自らの屹立を差し込み、奥まで貫いた。

「アアッ――、ン……ッ！」

「っ……」

挿入された衝撃に、エジェリーの内壁が収縮する。シリウスの口からも呻きが漏れた。待ち望んでいたものを与えられたことを喜ぶかのように、彼女の襞が絡みつく。

「あなたの中は、とても熱くて気持ちがいい……」

上体を屈め、シリウスが耳元で囁く。穏やかなテノールの声に色香が交じり、エジェリーの身体が敏感に反応した。

そのまま耳を舐められ、耳たぶまで甘噛みされたら苦しいほど感じてしまう。

「ん、んんぅ……ッ」

ぴちゃぴちゃと唾液が淫らな音を奏でる。

吐息すら奪うように、情熱的に口づけられて、エジェリーも舌を絡ませ合う。

どこもかしこも性感帯なのは、媚薬の所為なのだろうか？

擦り切れた理性が疑問を抱く。強すぎる官能に流されないように、エジェリーは必死に自分の思考を繋ぎ止めた。

隘路に埋められた欲望が、奥まで届く。切なく疼いていた箇所が満たされて、どこからか喜びにも似た感情が湧き上がった。

「私だけを感じなさい。思考も身体も、あなたの中にいるのは私だけ――」

「ああ……、はぁ、んっ……アアッ」

ひときわ感じる箇所を重点的に攻められて、嬌声が止まらない。

律動が速まり、肉がぶつかる音と淫靡な水音に官能が高められる。

もっと、もっとと欲する気持ちは、一体どこから生まれるのだろう。

自分の心の在処がわからないのは、エジェリーも同じだった。特にシリウスの過去を知ってから、彼を嫌悪するどころか受け入れようとしている自分がいる。

媚薬を使用しても僅かに理性が残っている状態で、自ら彼を欲するなんて――。

（気持ちいいことは、罪ではない……）

この悦びは、果たして薬の影響なのか。それとも心の奥底でそう望んでいるからか。朦朧とする意識の中で、冷静に己の心を見つめようとする。だが、それはすぐにシリウスによって邪魔をされる。

「なにを考えているのですか？」

ぐちゅん！

奥を激しく突かれ、エジェリーの首がのけ反る。しっとりと汗ばんだ白い喉に、シリウスが上体を屈めて噛みついた。

「んぁあッ……！」

丹念に噛み痕を舌で舐められた後、シリウスはエジェリーの胸の痣に唇を寄せた。前世の名残から浮かんでいる、刺し傷の場所だ。

優しく労るように何度もついばむキスを落とし、その傷痕の上に新たな痕で上書きをする。

その行為がなにを意味するのか、深く考えるのは止めた。

「あなたを抱いているのは、私です。私以外の男に、あなたを触れさせはしない」

抽挿が再開し、結合部分からエジェリーの蜜が零れ落ちる。

両脚を抱え上げられ、肩に乗せられた。上から深く串刺しにされ、あまりの刺激の強さにひときわ大きな嬌声が響く。お互いの連結部分を見せつけられながら、エジェリーは快感を享受する。

「名前を呼んで、シリウスと」

「っ、あん、ああ……シ、リウス、さま……」

「ええ、シリウスです。あなたを抱くのは、私です」

切なげな声に秘められた感情はなんだろう。掴みきる前に、内側にこもった熱が膨れ上がり、エジェリーも再び強い波に呑まれてしまう。

「エジェリー……ッ」

愛しさと苦しさが込められた声で名前を呼ばれた直後、シリウスが精を放った。

熱い奔流がエジェリーの中を満たし、二人は同時に絶頂を迎える。

「……愛しています」

縋るように呟く一言が、エジェリーの心を締め付ける。

けれど、その愛が本物だと確かめる方法を、今のエジェリーはひとつしか思いつかない。

くたくたに疲れ切ったエジェリーは睡魔に抗えず、意識を手放した。

それから数刻後。喉の渇きを覚えて目を覚ました彼女は、自分を抱き締めたまま寝息を立てるシリウスの腕からそっと抜け出した。

ナイトテーブルに置かれている水差しから水を注ぎ、グラスを呷る。

身体は怠くて、関節が痛む。少し動くのも億劫《おっくう》なほどに、身体を酷使してしまった。

深く静かに寝入る隣のシリウスをじっと見つめる。

仰向けに寝返りをうつ彼を確認し、枕の下に隠していた秘薬を取り出した。

小粒な真珠ほどの瑠璃色の薬。星空を凝縮させたような神秘的な色の、カゼル公国に伝わる貴重な秘薬だ。

それを薄く開いたシリウスの口に入れようとして、エジェリーは思いとどまった。このままでは喉に詰まらせてしまう。

（どうしよう……説明書にはなにも書かれていないけど、これって水に溶けるのかしら？）

先ほどナイトテーブルに置いたグラスを再び手に取り、グラスの半分ほど水を注いだ。試しに秘薬を落としてみると、数秒で水に溶けた。

その液体を、エジェリーが口に含み、そっとシリウスと唇を重ねる。口移しで薬と水を飲ませると、彼の喉が上下に動く。ゆっくりと口移しですべて飲ませて、唇を離した。

そして説明書に書いてあった通りに、消したい記憶を強く願い、言葉に乗せる。

「――どうか、忘れて。ユウリとイオの記憶を、全部忘れて。自由になって」

一人では安眠を得られないシリウスへ。これがイオの生まれ変わりであるエジェリーができる精一杯の償い。

（私への想いも消えてしまうかもしれないけれど）

それでいい。それで構わない。

歪な関係が正しい形になるだけだ。ユウリとイオの記憶が消されても、シリウスがエジェリーと出会ってから築いた記憶が消えるわけではない。

ただぽっかりと、前世に関する記憶を忘れるだけ。それが彼にどのような影響を及ぼすかは、予測できないが。

魔術師からの説明書には、副作用は特にないと書かれてあった。

もし本当にシリウスがエジェリーを愛しているなら、今までと変わらないはずだ。ただ彼の睡眠障害が治るだけ。

だがもしエジェリーへの気持ちが、彼女一人に向けられていたものでなかったら。囁いていた愛の言葉も、エジェリーへのものではなかったということだ。

「……っ」

ふいに視界が滲む。その理由は、エジェリー自身にもわからない。きっと成功するかどうかが不安なのだと、無理やり己を納得させた。

そして――翌日からシリウスがエジェリーの部屋を訪れることはなくなった。

Ⅶ. 花言葉

少女は一人小さく背を丸め、地面を熱心に見つめている。

辺りにはシロツメクサが丘いっぱいに咲いていた。花を摘んでいるのかと思いきや、どうやら様子が少し違う。

後ろからゆっくりと近づく青年は、衣の裾が汚れるのも気にせず地面に手をつく少女に声をかけた。

『なにを熱心に探しているんだい？』

少女はシロツメクサの葉を丹念に調べていた。花で花輪を作りたいわけではないらしい。

『ユウリ様、葉が四枚のを見つければ、幸せになれるんですって』

『そんな話を聞いたのかい？』

こくりと頷いた彼女は、どう見ても三枚にしか見えない葉を念入りに調べ始めた。青年も隣でしゃがみ、彼女を真似た。

『三枚に見えるが……。イオは四枚の葉を手にして、どうしたいのだ？』

自分ではこの幼い少女を幸せにできていないのだろうか。

だがその不安はすぐに消えた。

『ユウリ様にあげたかったの』

照れくさそうに、頬を染めて俯く少女。目をぱちくりと瞬かせ、理由を尋ねればこう答えた。

『たくさん幸せにしてくれたから。だから、今度はイオが幸せをあげたいの』

見つかるまで帰らない。そう言いだした彼女を見て、青年は苦笑する。

少し離れた場所で膝を折って、数分後。彼は立ち上がり、綺麗に編み込んだ花輪を彼女の頭に乗せた。

『なぁに？』

『シロツメクサの冠だ。よく似合う』

手先が器用だなんて知らなかった。ましてや、そんな女人みたいなことができるなど。きっと誰も知らないだろう。

青年も少々恥ずかしくなったのか、頬が若干赤い。

『私が作ったことは内緒だよ』と言えば、少女は満面の笑みで頷いた。まだ幼い彼女は、作ってくれた彼の気持ちと、秘密めいた約束が特別に感じられて、嬉しかったのだ。

四つ葉はたくさんの人に踏まれた場所にひっそりと生息するらしい。帰り道、そんなことを少女は青年に教えた。幸せとはまるでたくさんの犠牲の上に成り立っているように感じ、あまり素直に喜べない。

だが青年は言った。たくさん苦労をしてきた者に、幸せは訪れるのだと。ささやかな幸せを見つけては感謝しよう、と。

——早魃まで数年に迫った、とある幸せな日の出来事。

◆◇◆

「おはようございます、エジェリーお嬢様」

ベルガス伯爵邸で、数年前と変わらない朝の挨拶が交わされる。ここ二年ほど耳にすることがなかった、エジェリー付きの侍女のモーニングコールだ。

「おはよう、リーシャ。今日もいい天気ね」

既に起床していた主を見て、リーシャは僅かに目を瞠った。

聖女になる前は、読書に没頭するあまり夜更かしをして、この時間だとまだぐっすり寝ているか、徹夜でそのまま読みふけり朝に気づいていないかのどちらかだった。

規則正しい時間に起床しているエジェリーを見て、リーシャは僅かに痛ましげな顔をした。感情が顔に表れない彼女にしては珍しいが、幸いなことにエジェリーは気づいていない。

エジェリーのことをよく知るリーシャが、王太子の婚約者となった彼女のことを心配していないはずがなかった。彼女は恋に恋するような、年頃の令嬢とは少し違うのだ。恋愛よりも読書を好む少女は、この国の王妃の座に憧れなどない。

聖女を務めていた二年間で、惹かれ合うものがあったのだろうか。

純粋で素直なエジェリーが幸せな笑みを浮かべていれば、周囲も安心できる。しかし久しぶりに見せた彼女の笑顔は大人びたものになっていて、憂いと物悲しさを秘めていた。天真爛漫に笑う姿は見られない。物思いにふける菫色の瞳は、気がつくと遠くを見つめている。

王城でなにかあったのだ。王太子と想い合っているという話は、本人の口から事実を聞くまで鵜呑《うの》みにできない。この婚約が覆ることはないが、せめて帰郷している間は、エジェリーの心を少しでも軽くしてあげたい。悩みや憂いがあるなら、取り除けるように。

リーシャはそう思っていた。

噂でしか知らない王太子シリウスに複雑な感情を向けつつ、リーシャは身支度を始めた

エジェリーを手伝った。クリーム色のドレスは、エジェリーが城から持ってきたものだ。

王太子の婚約者として不自由のない暮らしをしていることが窺える、上質なドレスだった。幼さが消え、美しく成長したエジェリーにとてもよく似合う。

「侍女もつけずお一人で神殿生活を始められたときは、とても不安でしたが。お嬢様もすっかりご立派になられて、私は嬉しいですわ」

「もう子供じゃないんだから、大丈夫よ。神殿の生活は健康的だったわ。淑女教育も厳しくて、容赦がないの。聖女がこの国の歴史も近隣諸国の王侯貴族についても知らないのは問題だと、公務以外ではきっちり勉強させられたわ」

淑女教育を受けている巫女見習いの貴族令嬢たちよりも、深く広い知識を求められたのは、王族に嫁ぐ可能性があったからだろう。

恐らく当時からエジェリーは王太子妃候補に入っていた。でないと、書庫にあったすべての本に閲覧許可が出るはずがない。

目覚めの紅茶を用意するリーシャは、誇らしげに頷いた。

「本来お嬢様は好奇心旺盛で知識には貪欲でいらっしゃいますから。家庭教師の先生方も努力家で飲み込みが早いと、お褒めになっていましたね」

ただし、関心のないことには覚えが悪かったが。

もう一人の姉のような存在であるリーシャに褒められて嬉しかったのか、エジェリーははにかんだ笑みを見せた。

心からの微笑に、リーシャはそっと安堵の息を吐いた。

◆　◇　◆

エジェリーがベルガス領に到着したのは、つい五日ほど前のことだった。

表向きは、聖女の任期を終えた後一度も実家へ戻っていないことで、国王や王妃、そして王太子シリウスから帰省を勧められたということになっている。

息抜きも必要だろうという配慮から、しばらくゆっくり家族と離れていた時間を埋めてくるようにとの仰せだ。

だが本当は、これはエジェリーからの願いであった。

あの薬を飲ませた後、シリウスに変化がなければ、エジェリーも急な願いを口にしたりしなかっただろう。しかしシリウスの態度には、明らかな距離が感じられた。

毎夜彼女のもとへ訪れていたシリウスが、王城の自室へ戻った。それについて噂するような口さがない人間は離宮には配置されていないが、微妙な距離感の空気は伝染する。エジェリーはすぐに王妃に呼び出され、喧嘩でもしたのかと尋ねられた。

『もしも意に沿わないことをあの子が無理やりしようとしたら、わたくしに言うのですよ？』

シリウスが寝室を訪れない。同じ寝台で眠らない。そのため、彼の睡眠障害が改善されたのか、エジェリーには確認できずにいた。

白皙の美貌は相変わらずだけれど、血色の悪さを見抜けるほどシリウスを間近で見ることも叶わず、もしかしたら取り返しのつかない過ちを犯してしまったのでは？　と、今度はエジェリーが眠れぬ夜を過ごす日々だった。

化粧でうまく隠していたつもりだったが、他人の心の機微に敏い王妃に見抜けないわけがなかった。

心配そうに顔色を窺う王妃に、エジェリーは意を決して、申し出た。

『少し、家族が恋しくなってしまいました……。数日ほど、領地へ帰省させていただいても、よろしいでしょうか？』

聖女の役目を終えた後、一度も伯爵領へ戻っていない。その願いは至極当然で、王妃はふたつ返事で引き受けた。すぐに国王にも了承され、エジェリーはシリウスにも自ら伝えるため、初めて彼の執務室を訪ねた。

王城の一室。寝室と扉一枚で繋がっているその部屋に自ら足を運んだことは一度もない。離宮から出るにも監視の目があるので、赴く機会がなくても当然だが。

深呼吸を繰り返し、扉を開けた先で出迎えてくれたシリウスは、彼女の申し出を笑顔で受け入れた。

『どうぞごゆっくり。積もる話もあるでしょう』

『……、ありがとう、ございます。殿下』

ゆっくり過ごしてきていい。嬉しいはずの言葉は、突き放されたように感じられた。

ふいに涙が滲みそうになるのを堪えて、護衛を引き連れて離宮の自室へ戻ったエジェリーは、呆然としたまま長椅子に横たわった。

(これでいいのに。いいはずなのに……何故悲しいの)

シリウスは変わらない微笑みを向けてきたが、それは不特定多数の人間に友好的に見えるように作られた表情《かお》。初対面の貴族令嬢に見せる紳士な王子様を眼の前で演じられて、エジェリーは身勝手にも泣きそうになるのをぐっと堪えた。

壁を作られた。前世の記憶を眠らせはしたが、現世でのエジェリーとの関係には影響しないはずなのに。

距離を置かれた理由は、エジェリーへの関心が薄れたからだろう。

その可能性があることは覚悟していたが、現実になると傷つかずにはいられない。

これではっきりしてしまったのだ。あの人は口ではエジェリーを愛していると言いながら、やはりイオの生まれ変わりだから愛していたに過ぎないと。

いや、正しくは、エジェリーを愛していると錯覚していたのだろう。

(……寂しい、と思うなんて。自分勝手だわ)

急速に込み上げてくる気持ちに蓋をした。

この感情に名前を付けてしまったら、自分の心を強く保てる自信がない。義務的な微笑みを向けてすっと目を逸らされた瞬間、突発的にこの場から逃げたくなった。

心が弾けそうだ。もし、シリウスから婚約の解消を告げられたら、エジェリーには頷くことしかできない。彼には過去から解放され、本当に愛する人と幸せになってもらいたいから。

そして翌日。エジェリーは王城を去ったのだった。

◆◇◆

鈍い痛みがようやく治まった下腹を、そっと掌で撫でる。

城にいた頃は、精神と身体に負荷がかかっていたのだろう。周期が乱れていた月の障りが、伯爵邸へ戻って来たその日の晩に訪れた。

エジェリーは安堵した。子供を授かるなら、本当の意味で心が通じ合ってからがいい。この状況で子供だけができていても、きっと切ない気持ちになっていた。

数日間大人しく身体を休めて、エジェリーは家族やリーシャと過ごす時間を噛みしめていた。それでも夜になれば、シリウスを思い出さずにはいられなかった。

毎晩、エジェリーは相変わらず夢を見る。イオのユウリに対する恋慕の情に溢れた幸せな夢。ただし、近ごろユウリの顔が思い出せない。夢の中に出て来る彼も、後ろ姿や気配だけ。

そしてこの晩、久方ぶりに出て来たユウリは、シリウスの姿だった。

シロツメクサの花冠を差し出した彼の手を握った己の手も、幼い少女のものではなくて、今の自分の手と同じ気がする。

彼らを覚えているのはエジェリーだけ。たとえもう二人の顔を思い出せなくても。心に刻まれた感情は、きっと消えることはない。

徐々にこれからのことを考えなければ。今後エジェリーは、シリウス自身を見つめる努力をせねばならない。

「今日の花は紅色の薔薇《ばら》が四本なのね」

リーシャの生けた花瓶を見やる。窓辺のテーブルに置かれたアンティークの花瓶は、細めですっきりしたものだ。花を数本生けるのに最適で、白磁のシンプルな花瓶に紅色がよく映える。

「ええ、とてもお綺麗ですよね」

アーチ形の窓の向こうに、のどかな風景が広がる。青い空に緑、そして紅色の薔薇。鮮やかな色彩に、エジェリーの顔がほころんだ。

「昨日は三本だったわよね。一昨日は二本。毎日一本ずつ増えていくの？」

そう尋ねたエジェリーの問いに、リーシャは曖昧に返す。

「そうですね。その可能性が高いかと」

「え？　リーシャが選んでくれたんじゃないの？」

以前もよくエジェリーの部屋に花を飾ってくれた彼女が、二年ぶりに帰省したエジェリーのために香りのよい薔薇を摘んでくれたのだと思っていた。

だが、リーシャの口ぶりから、そうではないらしい。

「……お伝えしていいものか迷っておりましたが、これは王太子殿下から届けられたのです」

「……そうなの。とても綺麗ね」

どこでこの瑞々しい薔薇を入手して、新鮮なうちに伯爵領まで送り届けたのか疑問は残る。馬車で三日の距離だから、早馬で駆ければ早朝に出て深夜までにたどり着けるだろうが。

「お嬢様から王太子殿下について一言も語られなかったので、なにか事情があるのではと思い、お伝えしなかったのですが。申し訳ありません」

気を遣わせてしまっていたことに、エジェリーは今さらながら気づいた。

首を振り、リーシャに礼を告げる。

王城から届いた贈り物には、エジェリーが好きな果実や糖蜜、靴にドレスもあったそうだ。仕立てあがったドレスもたびたび届けられた。それらはすべて、シリウスからの贈り物だったらしい。

不足なく、だが重荷にはならないように。毎日花を届けられ、伯爵家の家令も当初は戸惑っていたそうだが、さすがに数日も経てば慣れてしまったそうだ。

「知らなかったわ。毎日料理長が作ってくれる食事も、ケーキや焼き菓子も、いただいたものを使っていたなんて」

嬉しさと困惑がエジェリーの中で渦巻く。大量ではない、適切な量の贈り物を届ける真意は、婚約者としての義務からか。外聞を気にするようには見えないが、王妃の指示で届けられている可能性も捨てきれない。

花弁が大きく、一輪でも存在感のある大輪の薔薇。この薔薇に添えられたカードには、確かにシリウスの名前が書かれていた。

「ねえ、リーシャ。うちの書庫に植物図鑑はあったかしら？」

「書庫のことでしたら、私よりもお嬢様の方がお詳しいかと思いますが。捜してまいりましょうか？」

数秒赤色の薔薇を見つめたまま、エジェリーは首を左右に振った。

「いえ、いいわ。うちにある図鑑は、山菜や野菜を集めた実用的なものだから。薔薇の図鑑なんて記憶にないもの」

本数が変わる薔薇になにか意味があるのだろうか。

端麗な字で名前が書かれたカードを見つめながら、エジェリーは薔薇の芳醇な香りを吸い込んだ。

翌日は五本、その次の日は六本と、届けられる薔薇は増えていったが、八本の薔薇が届いた次の日は何故か十一本にまで飛んでいた。

中途半端に本数が増えたことに、エジェリーは首を傾げる。

野に咲く素朴な花も好きだが、美しい薔薇も嫌いではない。リーシャの勧めで、毎日薔薇の花弁を浮かべた湯船で入浴もするので、ここ数日、肌にまで薔薇の香が移っていた。

そして十一本の翌日は、十八本。規則性のない本数に、さすがにエジェリーも訝しむ。

「なにかの暗号か謎かけかしら？」

シリウスのカードは相変わらず名前のみ。

アイゼンベルグの国花である菫にまつわる話は数多くあれど、他国の国花である薔薇に関する話は少ない。それぞれの花に宿る言葉の意味も、広く知れ渡っていなかった。

けれど、その意味を調べる真似はしたくない。義務感から贈られる花にどんな意味があっても、それを素直に受け止められるようになるにはもう少し時間が必要だ。

「お嬢様、なにかお悩みがあるのでしたら、話してはいただけませんか？」

カードを見つめながら小さく嘆息したエジェリーに、リーシャはおずおずと尋ねてきた。

「リーシャ？」

「こちらに戻って来てから、お嬢様がなにか深刻な悩みを抱えていることには気づいておりました。王城でお辛いことがあったのかもしれないと。お嬢様の口から語られるまでは黙っていようと思っていましたが……、私では頼りになりませんか」

リーシャの優しさに触れ、エジェリーの胸が温かくなった。

誰にも訊けずにいたことを、思い切って彼女に尋ねる。

「……リーシャにとって、愛ってなんだと思う？」

「愛、ですか」

突然の質問に、リーシャは慎重に言葉を選んでいるようだった。姉のような存在の彼女は、昔からエジェリーの相談役でもあった。

「……相手の幸せを願う心、でしょうか」

家族愛も友人への親愛も、大切な人を想う気持ちが込められている。

思いやり、心からの幸せを願う気持ちは、確かに暖かな空気に包まれた心地いいものだ。

だがエジェリーがシリウスから向けられた愛は、もっと激しく感情的で、苦しいもの。

今エジェリーが感じている切ない気持ちも愛なのか、本当にシリウスを愛しているのか。

「幸せを願う心が愛ならば、私は殿下を愛しているのかしら」

ぽつりと呟いたエジェリーは、そっと目を伏せた。彼の幸せには、自分は関わらない方がいいと、どうしても思えてしまう。

傍にいれば傷が癒やせる関係もあれば、その逆もあるだろう。傷を抉るだけならば、離れていた方がお互いのためになる。

「お嬢様は、恋の病――恋煩《わずら》いをされているのですね」

「え？」

弾かれたように顔を上げたエジェリーに、リーシャは笑みを零す。

「このお屋敷にお戻りになって、殿下のことを考えないときはございましたか？　気づけば特定の誰かを考えている。相手がなにをしているのか気になり、ため息をつく。顔が見たい、声が聞きたいと思ったら、もうそれは立派に恋煩いと言えるでしょう」

「……恋煩い」

愕然とした。蓋をして、気づかぬふりを続けていた心の奥底の感情が、他者からの指摘を受ければ認めざるを得なくなる。

彼はちゃんと休んでいるだろうか。周囲に心配をかけることなく、眠れているだろうか。記憶を忘れた後の後遺症もなく、身体に異変は起きていないだろうか。

思えば一日中、シリウスのことを考えている。だがそれは恋心なんて甘いものではなくて、自分の罪悪感がそうさせているだけだ。

「違うわ、リーシャ。私は殿下に会いたいだなんて、思っていないもの」

会いたくない。できるだけ会わずにいたい。

会うのが怖いのは、傷つく恐れがあるからだ。後ろめたさから感情が決壊すれば、なにを口走ってしまうかわからない。

「エジェリーお嬢様……」

もう成人を迎えたというのに、エジェリーは幼子のように小さく首を振る。殻に閉じこもり逃げ出したいと、全身で訴えていた。

「それほどまでに、殿下を愛してしまったんですね」

抱き締めてくるリーシャの胸に、エジェリーは顔を埋めた。温かくて、少しピリッとしたシナモンに似た香りが、昂ぶりそうになる感情を宥めてくれる。

「違うわ……。それに、あの方は、私を愛しているわけじゃないもの……」

(私の中に潜むイオを求めていたの)

自分を見ながら別の相手を欲するなら、その相手を想う元凶ごと封じてしまえばいい。記憶を忘れさせて、それでも自分を見てくれるなら、彼の愛は本物だと思える。

了承も得ず、自分勝手な判断で過去の記憶を奪った。冷静に考えれば、なんて独りよがりで最低な女だろう。

これではまるで、イオに嫉妬していたようではないか――。

現実は予測通りで、そっけない態度に変わったシリウスの傍にいたくなくて、傷つくことを恐れて逃げ出した。滑稽すぎて、弱い自分が嫌になる。

落ち着くまで背中を撫でてくれたリーシャに、エジェリーは縋りつくしかできなかった。

◆◇◆

「シリウス兄上」

快活な声に呼び止められたシリウスは、優雅に後ろを振り返る。精悍な顔立ちが凛々しい従弟が、小走りで近づいて来た。

爽やかに笑うレオンは、シリウスほどではなくても未婚の貴族令嬢の憧れだ。王弟の嫡男で、公爵家の跡取り息子となれば、注目を浴びないはずがない。

眩しそうに一瞬目を眇めたシリウスは、穏やかに微笑み返す。

「どうかしましたか？　レオン」

いつも通りの表情のはずなのに、レオンは眉を上げた。

シリウスは自分と目線の変わらない従弟に、どこか訝しげに見つめられる。

「どうかもなにも、兄上こそ。顔色が優れないようだ」

体調を尋ねられたが、シリウスはいたって健康だ。身体に不調を感じることはない。だが、何故か周囲が怪訝な顔をする。側近も、騎士団の団員も、やたら休息を勧めてきた。

「私は特に問題ありませんよ」

そう、自分では身体の異変を感じていない。眠りの浅さはいつものことだ。

「大丈夫じゃない奴に限って大丈夫だと言うのだが」

意外と鋭い。

シリウスの柔和な表情が完璧に保たれたまま崩れないと知ると、レオンはため息を零した。

「ご心配には及びませんよ。ただ少々寝不足なだけです」

婚約者の部屋を訪れなくなってから、最低限の睡眠しかとらなくなった。眠りたくないから極力寝ずに、政務に没頭している。

表面上は変わらず穏やかに振る舞っているが、どこか危うい均衡の上を綱渡りしているかのような緊張感は確かにあった。

だが、レオンはシリウスが睡眠障害を患っているのを知らないはずだ。

「シリウス兄上も夢見が悪くて眠れないとか？」

「……私も、とは？」

首を傾げたレオンは、「エジェリーもだろう？」と先日書庫で出会ったことを話した。

「忘れたい記憶を消す方法があればいいのに、と言っていたが」

「そんな方法があるのですか？」

平常心を装いつつも、シリウスは自分の声が硬くなっているのがわかった。

忘れたい記憶とは、無理やり純潔を奪われたことだろうか。悪夢となってうなされるほど、自分は恐怖の対象なのかもしれない。

あまり働かない脳を動かせば、ほの暗い気持ちが湧き上がる。

シリウスが尋ねても教えてくれなかった内容をレオンが知っている。レオンは、シリウスはとっくにエジェリーから相談を受けていると思ったのだろう。

婚約者なのだ、相談するのは当たり前だ。それが相思相愛の関係なら。

(私よりもレオンを選びますか。わかっていましたけど、やはり気に食わないですね)

この感情は、嫉妬。

エジェリーが、もう一人の兄と慕い、屈託のない笑顔を見せる相手。

レオンは己の弟のような存在だが、彼に劣等感を抱いたのは初めてだった。

「兄上なら、カゼル公国の魔術師の話を知っているだろう？」

「……ええ」

そこでふと、あの夜のエジェリーの言動が蘇る。

カゼル公国の魔術師に頼ったエジェリーが取った行動は、一般的ではない特別な方法で記憶を封じること。

（あのとき私に飲ませたのは、前世の記憶を消すなにかだったのか）

夢と現の間をたゆたっていたあのとき。エジェリーにキスをされ、瞬時に意識が水面へ引っ張り上げられた。

初めて彼女から寄せられた口づけは、甘く柔らかく、蕩けそうだった。寝たふりをし、口移しで水と一緒になにかを流し込まれても構わなかった。シリウスはそれを、無条件で飲み干した。

彼女に告げた通り、たとえ毒薬だとしても、そのまま飲み込んでいただろう。

耳元で囁かれた台詞が、思い出すたびに鼓膜を震わせる。エジェリーの本心からの声には、シリウスへの想いが込められていた。

――過去を忘れて今を生きて欲しい。

前世を忘れたいのは彼女のはずなのに。貴重なカゼル公国の薬を憎い相手に飲ませる、彼女の真意がわからない。

「あなたは今日、エジェリーに会いに来たのですか？」

「いや、まあ、目的は違うんだが、ついでに顔を見られればとは思った。秘薬を使った後が気になったし」

もちろん、二人きりで会うつもりではないと、レオンは付け加える。

先日の書庫でのことも偶然だったと説明され、シリウスは頷き返した。

「そうでしたか。ですが生憎、彼女は帰郷中です。ベルガス伯爵領にいますので、王城にも離宮にもいないのですよ」

「……まさか、薬の所為で体調を崩したのか？」

一瞬で表情が強張ったレオンに、シリウスは首を振る。

「私が見た限りでは、体調を崩した様子はありませんでした。単純に家族が恋しいという理由が大きいでしょうね。聖女の役目が終わってすぐ、私のわがままで城に引き止めてしまった。しばらくゆっくりするようにと帰らせたのですよ」

表向きの理由は、だが。

本当は、暴走してしまった自覚があったため、冷静になるまでしばらく距離を置くべきだと考えた。そして彼女がシリウスの要求を呑んでまでなにかを飲ませた理由と真意を確認するためにも、時間が必要だと判断したのだ。

性急に求めすぎている自覚はある。大切にしたいと思う反面、すべてを奪って彼女を貪りたい。狂気に似た恋情を落ち着かせるために、エジェリーの帰省を許可した。

（けれど、おかしいですね。私はなにも忘れていない）

秘薬を飲まされたシリウスは、本来であれば過去の記憶をなくしているはず。カゼル公国の魔術師になるには、多くの試練を乗り越えなければならない。知識と技術を継承し、幼い頃から厳しい修行に耐えてきた一握りの者だけが、魔術師と名乗る資格を得る。

そんな魔術師が作った薬が、効かないはずがないのだが、シリウスにはエジェリーが消えてと願った記憶が、そのまま残っていた。

恐らくあの薬は、飲んだ本人が望まないと効果が現れない。

他者が相手の記憶を書き換えたり消したりすることができれば、犯罪に繋がる危険性がある。冷静に考えれば気づくことだが、それほどまでにエジェリーは追い詰められていたのかもしれない。精神的に追い詰めたのは、当然シリウスだが。

「悪夢を見なくなればいいんだが」

純粋に彼女を気遣うレオンに、シリウスは提案をする。

「では、あなたが直接エジェリーに会いに行って、確かめてみてはいかがですか？」

目を丸くさせたレオンの表情は、数歳幼く見えた。子供の頃の面影を残す青年に、シリウスは日程に余裕があるならと告げた。

「兄上が行かなくていいのか？」

「私が行ったら彼女はゆっくり休めないでしょう」

「婚約者なら、顔を見られた方が休めるんじゃないのか？」

よくも悪くも、まっすぐすぎる青年に成長してしまった従弟は、不思議そうに首を傾げる。

シリウスは、微笑を浮かべたまま「しばらくしたら迎えに行きます」と答えるが、レオンの言葉からエジェリーの願いをくみ取り、やはりお互いにしばらく距離を置いた方がいいと判断した。

逃げ道を塞がれたエジェリーが、自分からシリウスに想いを寄せるようになるまで。時間はかかっても、ひと月も離れていれば、少しは寂しさを感じてくれるかもしれない。

「ですがレオン。エジェリーに関することで、魔術師を使うのは今後一切やめてくださいね」

「ああ、それはわかっている。やはりエジェリーのことは兄上に一言相談するべきだった。今日は本当にすまなかった」

「魔術師は変わり者が多いですから、お代も相手によって変えるんでしょうね。今回は私が言い値を払います」

「いや、それが、お代はいらないって言うんだよ。エジェリーに会えたらそのことも伝えようと思っていた」

訝しむシリウスにレオンは頷く。魔術師への報酬は秘薬を使った後の結果を話すだけでいいらしい。

「どういう理由でなにが目的で薬を使い、その効果はどうだったかとか、そんな感想が欲しいんだと」

それはまた、代金を支払うよりも厄介な対価だ。お金で手に入るものに興味がない魔術師らしい。
二、三言葉を交わし、レオンは去っていった。彼はこの後、なにも疑わずに友人の屋敷へ向かい、エジェリーにも会うだろう。
彼女に会いに行くよう提案したのは自分なのに、胸の奥から不快なものが込み上げる。

ざわざわと落ち着かない心の闇を払拭するように、シリウスは頭を振った。

「愚かな娘ですね……。ユウリの記憶を消しても消さなくても、私があなたを愛していることに変わりはないのに」

思い出そうとしても思い出せない。夢に現れる幼い少女の顔は、ずっと前から黒く塗りつぶされている。蘇る声はエジェリーのもので、会いたいと願い、触れたいと思うのも、彼女だけ。

だが、愚かでも構わない。彼女が心からそう望むなら、自分は記憶が消えた振りをすればいい。元から彼女はユウリを疎んでいたのだから、その方が好都合だ。

「あなたも私への想いを募らせてくれたらいい」

実の両親のように、想い合う関係を築くのはとても難しい。

気持ちを押し付けるだけではなく、ときには相手を気遣いじっと待つのも愛なのだと自身を無理やり納得させ、シリウスは王城の書庫へと向かった。

ベルガス伯爵領にエジェリーが帰省してから、二週間が経過しようとしていた。

薔薇の花束は、近ごろでは菫の花と一緒に届けられる。そしてこの日、花に添えられたカードには、一言愛の言葉が綴られていた。

愛しています、と簡潔な言葉に心が動かされないと言えば、嘘になる。

けれどエジェリーは一度も返事を書いたことがない。

そんな中、思いがけない人物の訪問に、ベルガス伯爵邸は賑やかさを取り戻した。

エジェリーが自室にこもることが多いため、身内でお茶会を開いても静かに楽しむだけだったのだが、たくさんのお土産と一緒にレオンが訪れたのだ。

「レオン様、ご無沙汰しております」

水色のドレスを纏ったエジェリーは、優雅に淑女の挨拶をする。三日前に訪問の報せが届いたのだが、小鳥が一通の手紙に変化したのを目の当たりにした使用人たちは、さぞや驚いただろう。

兄のローラントと伯爵である父との談笑を終えたレオンは、エジェリーと二人きりで話がしたいと申し出た。

晴れた空の下、中庭の花を眺めながら侍女にお茶の用意をしてもらう。

少し離れたところには給仕係のリーシャがいるため、未婚の男女二人でも問題が起きるはずがない。

料理長自慢の焼き菓子に、ジャムが挟まれたチョコレートケーキを食べながら、レオンは数種類のハーブがブレンドされたお茶を堪能した。

「エジェリー、秘薬は役に立ったか？」

やはりその確認だったか。急な訪問の理由がわかったエジェリーは、慎重に言葉を選ぶ。

「はい、おかげさまで。ありがとうございます」

余計なことは言わずに礼を述べたエジェリーは、お代をまだ支払えていないことが気がかりだった。レオンに尋ねると、必要ないと断られてしまう。

戸惑いながら理由を訊けば、現金や宝石の類ではなく、魔術師らしい対価を求められたのだという。

「結果が知りたいんだとさ。どういう理由で使い、効能はどれくらいあるのかとか。実験みたいで悪いんだが、彼にも悪気はないんだ。秘薬の材料自体はそこまで貴重なものじゃない。ただ作るのに時間がかかるのと、それを完璧に調合できる魔術師が少ないらしいから、今後の参考にしたいんだと」

魔術師によって薬の効き目が変わって来る。エジェリーの依頼を受けてくれた相手はレオンの友人でもあり、魔術師としては一流だが変わり者だそうだ。

エジェリーの体験談が、今後の役に立つと言われれば、答えないわけにはいかないが、それを言うならすべてを話すことになる。

お金を請求された方がよかったと、若干己の確認不足を後悔しつつ、エジェリーはまずレオンに謝罪した。

「ごめんなさい、レオン様。実はあの薬、私が服用したんじゃないんです」

「どういうことだ？」

お茶のお代わりをリーシャに淹れてもらい、彼女が離れたのを確認した後、エジェリーは喉を湿らせた。ティーカップをソーサーに戻し、庭でゆらゆらと揺れる鮮やかな薔薇を見つめる。

「……殿下に飲ませたの。夢でうなされる元凶を忘れさせたかったから」

魔術師以外には誰にも言わないで欲しい。

レオンに約束をさせて、エジェリーは言える範囲のことをすべて彼に伝えた。

「――信じられない話だが、それが事実なら、エジェリー。君の行為は反逆罪にも問われかねないことだぞ。それに、その人の許可なしに記憶を弄ろうとするのは、相手が王太子でなかったとしても、理由がどうであれ絶対にしちゃいけないことだ」

「……っ」

びくりとエジェリーの肩が震えた。

自分でも気づいていたことを、幼い頃から慕っていたレオンに言われるのは、衝撃が大きい。

ぐっと手を握り、その言葉を受け止める。

「だが、君の何十倍も最低なのはシリウス兄上だ。あの人が合意もなく無理やり純潔を奪い婚約までするとは。赦されるべきじゃないし、エジェリーが恐怖するのもわかる」

中庭の隅に控えるリーシャには届かない小声で、レオンが憤る。あんなに仲のいい従兄のことを幻滅させてしまったのに、レオンはエジェリーの味方をしてくれた。巻き込んでしまい申し訳ないのに、誰かに伝えられたことで心は少し軽くなる。

じわりと視界が潤みそうになったが、様子を窺っている侍女たちに気づかれると厄介だ。だからあえてゆっくりと、少しだけ冷めたお茶を飲んだ。緊張で渇いていた喉が潤っていく。

「部外者の意見を言わせてもらう。その過去の結びつきと事情が本当ならば、二人の行動も理解できなくはないし、エジェリーがカゼルの秘薬を使ってでもあの人の記憶を忘れさせたいと思うことは、納得できる。だがな、エジェリー。あの薬は、本人が強く望んで飲まないと効き目がないいんだ」

「え……？」

カチャン。握っていたカップが揺れて、ソーサーとぶつかった。動揺が波紋のように、エジェリーの中で広がっていく。

ビスケットをつまんだレオンはそれを二口ほどで食べた。

「冷静に考えれば当然だろう。他者が無理やり薬を飲ませて記憶が消えれば、それは犯罪の隠ぺいに悪用されてしまう。そんなものを作ることは禁じられている。あくまでも飲んだ当人が望まない限り、秘薬は無効だ」

「それじゃ……、殿下の記憶はそのまま……？」

「そうだ。シリウス兄上の記憶は消えていないし、過去の記憶も持っているだろう。自然と忘れでもしない限り」

指先から血の気が引いていく。

ならば何故、突然距離を置かれたのだ。寝室に訪ねても来なければ、会話も必要最低限で、家族に会いに行くことを了承され、そろそろ三週間が経過する。

とても傍に閉じ込めておきたいと言っていた男の行動には思えない。

顔色を失ったエジェリーに、レオンは厳しい言葉を投げた。

「君があの人を信用できないのはわかる。だが彼は何度も繰り返し君に伝えたのだろう？好きなのは過去の君ではない、エジェリーだと。それを信じられず、ここまでの暴挙をして。君の方こそ、殿下と過去の男を別の人間として見ていないんじゃないか？」

「ッ……！」

エジェリーは、息を呑んだ。事実を突きつけられて、胸に言葉が突き刺さる。

レオンの発言は正しかった。彼が言う通り、思い返せばエジェリーはシリウスとユウリを同一人物として扱っていた。

言葉を重ね、誠意を表そうとしていたシリウスを信じられず、頑なに拒絶していたのはエジェリーの方だった。そのくせ、自分はエジェリーとして見られていないと嘆き、距離を置かれれば勝手に傷ついて逃げ出した。

（ひどい女だわ、私……。レオン様に呆れられても仕方ない）

自己嫌悪に苛まれて、まっすぐレオンの顔が見られない。

そんなエジェリーの姿を見て、ふう、とひと息吐いたレオンは、クッキーを一枚持ち上げてエジェリーの口に押し込んだ。弾かれたようにレオンを見つめるエジェリーに、彼はニッと口角を上げる。

「落ち込む暇があるなら、美味しいものを食べて笑うんだ。君がなにやら塞ぎこんでいるというのは、この屋敷の全員が知っているぞ。大事な人たちをいつまで心配させたままにする気だ？　エジェリーはこれからどうしたい？」

ほろ苦く甘いチョコレートの味が、口内に広がる。咀嚼して胃に収めてから、エジェリーはレオンの柔らかな茶色の双眸をじっと見つめた。

——もう逃げるな、向き合え。

彼の目が語る。

温かさを含んだ風が吹き抜け、赤や黄色、薄桃色の薔薇を揺らす。薔薇の花弁が一枚風に乗って、少し離れた地面へ落ちた。

「会いたい……」

ぽろりと口から零れたのは、彼女の本心。

自分でも決して認めようとしなかったその言葉は、エジェリーの中に染み渡る。

「会って、勝手なことをした謝罪がしたい。シリウス様の言葉を信じようとしなかったことも」

「それで？」

「贈り物、毎日たくさんいただいたの……。なのに私、一度もお礼状を書いていないのよ。届けられる薔薇の本数がいつも違う理由も知りたいし、ありがとうって言いたいわ」

義務感で送っているのだと思っていた。それでも美しい花は心を和ませてくれたし、毎日違う数の薔薇は明日は何本なんだろう？　と楽しませてもくれた。

記憶は消えていなかった。それならば、距離を置き始めた理由も聞かせて欲しい。

会って話がしたい。顔が見たい。声を聞かせて。

リーシャの言葉が蘇る。

膨れ上がる欲求の理由は、もはやごまかしきれない。

胸の奥をかき回すような強い感情が渦巻いていく。ぽろりと目尻から落ちた水滴が、エジェリーの頬を濡らした。

目の前で涙を流す少女に、レオンは背後を振り返るよう指示する。

「えっ……？」

そこには、今一番会いたい人の姿があった。

彼は数名の騎士とエジェリーの父と兄に囲まれている。

「なんで……？」

幻かと数度瞬きを繰り返すが、銀色の髪も、その立ち居振る舞いも、紛れもない本人だ。見間違えるはずがなく、エジェリーは思わず立ち上がった。

「どうして、シリウス様が」

混乱するエジェリーの横をすり抜けたレオンが、エジェリーに意味深な目配せをする。

「兄上は初め、エジェリーが戻ってきてくれるのを待つって言ってたんだけど、俺が出発する当日になって、同行すると言ってきたんだ。やはりエジェリーが恋しくなったんだろうな。自分から迎えに行くって言い出したんだ。……伯爵とローラントは俺が相手をしておくから、エジェリーはシリウス兄上とゆっくり話したらいい。それと、彼の気持ちに応える気があるなら、今日もらった薔薇を一輪、胸に飾ってやってくれ」

きっと喜ぶと告げて去ったレオンは、言葉通り人払いをしてしまった。

傍にいるのはリーシャのみ。だが彼女も新たな茶をシリウスとエジェリーに用意すると、一礼してこの場を去る。なにか必要なものがあれば呼び鈴を鳴らすようにと一声かけて。

途端に心臓が主張をし始め、脈拍が速まった。

心の準備ができていないと喚くこともできない。

(なにを話せばいいの？　まずは挨拶から？　それとも謝罪？)

まとまらない思考の中、エジェリーが必死に頭を働かせていると、立ったままだったシリウスが、一歩エジェリーに近づいた。

その手に握られているものを見て、彼女は軽く目を瞠った。

「私もレオンと同時に着いたのですが、あなたの兄君にシロツメクサが咲いている場所まで案内してもらっていたのです」

シロツメクサの花冠。器用に編まれたそれを作ったのは、きっとシリウス本人だ。

よく見れば衣服が土で少し汚れている。王太子自らが花冠を編む姿を、部下である騎士団の騎士たちはどう思っただろうか。

ゆっくりとした動作で花冠を頭にのせられた。きっちり編まれているため、安定感のある花の重量が感じられる。淡い金髪に白い花冠はよく映えた。

「お元気そうでなによりです。……すみません、あなたにとっては複雑だと思ったのですが、どうしてもあなたにさしあげたくて」

「……私は、イオではありませんよ」

「はい、私もユウリではありません。それでも作ってみたかったのです。前世の私が得意だった花冠作りに初めて挑戦しましたが、なかなか難しいものですね。何度も作り直してようやく編めたのがそれです。改めて、私はあの男とは別人なのだと実感しました」

どこか吹っ切れた表情で語るシリウスをエジェリーはじっと見上げる。手で触るシロツメクサの花冠は、ところどころ歪に感じられた。

「私は今までずっと前世の自分を否定して生きてきました。自分はあの愚かな男のようにはならないと疎んでいたのです。けれど、忘れることができないのなら、私も少しは受け入れるべきなのかもしれない。ユウリがイオと過ごした大切な時間は本物だったのですから。だから、これで最後にしようと思います」

「最後……？」

シリウスはシロツメクサの花冠をエジェリーの頭から持ち上げた。

「私がユウリに振り回されるのも、あなたが前世に傷つくのもこれで最後です。今の私たちが幸せならば、彼らも報われるはず。これはその最後の象徴として作りました。受け取ってもらえますか？」

イオが幸せだったひと時の記憶が蘇る。シロツメクサの花冠を授かることが、二人の前世と今世を分《わか》つ儀式のように感じられた。

その花冠を改めてシリウスから受け取り、エジェリーは微笑んで彼を見上げた。

「はい……、シリウス様」

彼の柔らかく、穏やかな笑みは、確かな愛情が込められている。

ほっと安堵したような彼の笑顔を見て、エジェリーの心臓がトクンと跳ねた。

どうして今まで気づかなかったのか。エジェリーがこれまで彼自身を見てこなかったからだ。愛していると届けられたカードは彼の本心なのだと、今なら信じられる。

シリウスを見つめていると、会いたかったという気持ちが膨れ上がった。言い表せられない感情が胸の奥を支配して、じんわりと視界が潤んでくる。

「ごめんなさい……、ありがとう……って、ずっと言えなくて」

伝えたいことがたくさんあった。だがなにから言えばいいかわからない。

順序立てて話すことを一時放棄したエジェリーは、衝動のまま目の前のシリウスに抱きついた。

予想外の行動だったのか、シリウスは僅かに硬直したが、力いっぱい抱き着くエジェリーを、しっかり抱き締め返す。

「エジェリー、落ち着いて。どうしたのですか？」

離れていた時間を感じさせない声は、ずっと聞きたいと思っていたもの。背中を撫でられて、涙を流していたエジェリーも落ち着きを取り戻す。

抱き締められることが心地いいなんて、以前は考えられなかった。心の中から冷えていったのに、今ではじんわりとした温もりに素直に包まれている。

エジェリーは再度「ごめんなさい」と謝罪した。謝ることが多すぎて、どれから言えばいいのかわからなくなるが、そっとシリウスが彼女を引きはがして椅子に座らせる。

「あなたに謝られる理由は、ありませんよ？」

「私にはあるわ……。レオン様を巻き込んで、あなたの前世の記憶を消そうとしたの。それに、傍にいるのが辛くて、逃げてしまった。毎日の花が嬉しかったのに、一度もお礼をしなかったわ。そしてなにより、シリウス様の言葉を信じようとしなかった」

イオではない、エジェリーを見ているといくら言われても、あの頃は信用できなかった。

「私に無理やり純潔を奪われて、強制的に傍に置かれたのだから、無理もありません。謝っても許されることではないですが、あなたには恐ろしい想いをさせてしまって……」

「もう、いいの。確かに怖かったし憎かったけれど、もういいんです」

シリウス自身を見なければと、本当の意味で気づき始めたのは伯爵邸に戻ってからだった。止《とど》めは、レオンの言葉だ。気づかされたこともすべて包み隠さず、エジェリーはシリウスに伝えた。

ポットの中の紅茶が冷えるまで、エジェリーは思いの丈をシリウスにぶつけ続けた。

「私の過去の記憶を消そうと思ったきっかけは、なんでしょうか」

「それは……」

言ってもいいのだろうか？

イオを殺した理由をシリウスに尋ねたときははぐらかされた。夢の中で見たあの光景は想像を絶する悲惨なものだった。

彼の心の傷を抉ってしまうのではないかと躊躇うが、意を決して口を開く。

「シリウス様の夢の中に、私も入ってしまったのです」

「夢の中に？」

ぴくりと眉が反応する。穏やかな顔がほんの少し強張った。慌ててそれは偶然の出来事であり、エジェリーが望んだわけではないことを説明する。

「どうしてそんなことができたのか、私にもわかりません。ですが、イオが死んだ後の光景を……ユウリ様が死ぬまでを、全部見てしまったのです」

申し訳ありません、と頭を下げたエジェリーを、シリウスは呆然と見つめていた。下げた頭を戻さない彼女に、彼は「エジェリー」と名前を呼ぶ。

「怒ってはいません。ただ、あなたには知られたくなかった」

「……っ」

ゆっくりと視線を合わせると、シリウスは自嘲気味に笑う。

「あなたはユウリを、不幸だと思いますか？」

日々を生きることさえ厳しい時代。死と隣り合わせの暮らしを余儀なくされた若者は、自らの手で愛しい少女を殺め、村を滅亡させてしまった。死ぬこともできず、罪を背負いながら数十年。孤独死した彼を弔った者は、恐らくいない。

「私は、……とても悲しかったです。イオを想って殺すのではなく、彼女に選択の自由を与えて欲しいと思いました。ユウリ様はなんて自分勝手なんだろうと。一人で孤独死するのを選ぶなんて、私だったら許せません」

でも、とエジェリーは続ける。

「私はイオではないから、彼女の気持ちはわかりません。イオではないから、ユウリ様を許すこともできない。ただ、過去の悲劇の所為で、シリウス様が責任を負うのも、辛い想いをするのも間違っている。睡眠障害を患うほどの悪夢から、できるなら私が解放してあげたいと思いました」

「あんなに私を憎んでいたのに？」

容赦のない問いかけにも、エジェリーは臆することなく頷いた。

「さっきシリウス様もおっしゃっていたように、もう過去に囚われるべきではないわ。……いいえ、そんな綺麗な感情じゃない。私は、前世を忘れて自由になったシリウス様に、愛していると言って欲しかったの」

「私は昔の記憶がなかったとしても、あなたを選んで愛していましたよ」

青いサファイアの瞳にまっすぐに見つめられて、エジェリーの心臓は高鳴った。認めてしまえば、急速に気持ちが加速する。

この人と支え合いたい、笑い合うことができたら嬉しい。そう素直に思えるほど、エジェリーの心には変化が生まれていた。

心が傍にいたいと欲するから、自然と寄り添うことができる。

手に持ったままのシロツメクサの花冠を、そっとテーブルに置いた。素朴な花は、時代や国を超えても咲き続けている。イオの大切な思い出とともに、今日シリウスにもらったこの花冠の思い出も大事にしよう。

チリンチリン、とテーブルに置かれたベルを鳴らす。ほどなくして、離れたところで見守っていたリーシャが歩み寄って来た。

「リーシャ、私の部屋に飾られている今日の薔薇を、花瓶ごと持って来てくれる？」

「かしこまりました」

冷めてしまったお茶を、他の侍女に新しく淹れ直してもらう。その間にリーシャが花瓶を運んできた。

白いテーブルクロスの上に飾られた十二本の薔薇。それが今日メッセージカードつきで届いた、シリウスからの花だった。

「とても香りがよくて、綺麗な薔薇をありがとうございます。菫の花は押し花にしているのですよ」

「喜んでいただけたのでしたら、よかったです」

ゆったりとカップを持ち上げ、シリウスは上品に紅茶を一口飲んだ。その間にエジェリーは赤と白が半々の薔薇から、一本選んだ。

真っ赤な薔薇は、情熱の赤。彼には白の方が似合いそうだが、赤が持つ色の鮮やかさも、シリウスの月の化身のような神々しい美貌によく映える。

席から立ち上がりシリウスの胸元に薔薇を飾る。静かに見つめてくる彼に、エジェリーは心からの笑顔を見せた。

「あなたを愛します。いえ、愛しています。……ああ、あなたはこんな気持ちだったのですね。あなたに愛されたい、傍にいたい、笑顔が見たい。この気持ちを説明しろと言われても、私だってうまく答えられません。もしもこの気持ちが嘘だと言われたら、すごく悲しいわ。……ごめんなさい、本当に」

「エジェリー……」

腰を屈めた彼女を抱き寄せ膝の上に乗せると、シリウスはエジェリーの唇を奪う。

合わさるだけのキスは、誓いの口づけでもあった。

「ありがとうございます。私も、愛しています。あなただけを、永遠に愛することを誓います」

愛しい少女はエジェリーだけ。

口づけの合間に告げられた言葉が、甘く心を震わせる。

薔薇を国花とする近隣諸国のルヴェリア王国では、男性は十二本の薔薇を女性に渡して求婚する。この薔薇には、それぞれ違う想いが込められていると言われている。

真実、誠実、祝福、愛情、感謝、希望、約束、秘密、繁栄、純粋、永遠、未来。

女性が求婚を受けるとき、薔薇を一本抜いて相手の胸元に飾るそうだ。異国の文化に詳しいレオンなら知っていておかしくないが、シリウスまで精通しているとは思わなかった。

十二本で求婚なら、他の本数にも意味が込められているのだろう。時間があるときに確認するのも楽しみだ。

人目があるので唇はすぐに離されたが、エジェリーは蕩けた表情をシリウスに向ける。

「ようやくあなたの笑顔が見られました。ですが、そんな表情で見つめられたら、すぐにでも連れ去りたくなりますね」

髪の毛を丁寧に指で梳《くしけず》られて、とろとろとした眠気に誘われそうになる。

エジェリーが隣にいれば悪夢は見ないのだと、頭を抱き締められながら囁かれる。だから離れないでと言うシリウスに、エジェリーはコクリと頷いた。

「ひとつ確認したいのですが、あなたが私の夢で見たのは、イオが亡くなった直後からですか？」

「正確には旱魃が始まった頃からですが、ほとんどが死後です。……どうしてそんなことができたのか、わかりませんが」

果たして同じことが繰り返されるのだろうか。けれど、お互い顔も思い出せないほど薄れてきた記憶なら、近い将来完全に見えなくなるかもしれない。

エジェリーをじっと見つめ、「そうですか」と返答したシリウスはぎゅっと彼女を抱き締める。

そろそろ日が傾いてきたと呼びに来たリーシャたちに促されて、屋敷の奥へとシリウスを案内した。

そして翌日、エジェリーはシリウスの馬車に乗り、共に王城へ戻ったのだった。

◆◇◆

離宮の自室にて湯浴みをした後、ほどなくしてシリウスが現れた。

エジェリー付きの侍女たちは退室しており、室内には二人しかいない。

就寝の準備をしていたエジェリーは、シリウスに飲み物を勧める。この後に訪れる甘い予感に、緊張と期待が溶け合った。

「お茶もお酒も結構です。それより、早くエジェリーを感じさせてください」

「あ……、んッ」

振り返った瞬間、抱き締められて唇を奪われる。薄いネグリジェ越しにシリウスの体温を感じ、エジェリーの身体に熱が燻り始めた。

至近距離で見つめ合い、再び自然と顔が近づく。触れるだけのキスは、体温を移し合うには物足りなくて、次第にエジェリーの官能が呼び覚まされる。

「ふぁ……、シリウス、さま」

「……エジェリー、もっと」

情欲に濡れたサファイアの目が、エジェリーの鼓動を大きく跳ねさせる。強く求められていることが痛いほどに伝わってきて、気恥ずかしさと期待に心臓がうるさく主張した。

ついばむように軽く音を立てて、二度、三度と合わさった唇は、深く情熱的なものに変わる。

熱も唾液も混ざり合う。

柔らかな感触を確かめながら絡まる肉厚な舌に、エジェリーの身体の芯がずくりと疼く。

下腹がキュウと収縮し、切なさを訴えた。

（どうしよう、気持ちいい……）

キスが蕩けるほど気持ちがいい。

重なった唇から、とろとろとした熱が移され、ごくりと嚥下した。

じんわりと身体の奥から湧き上がるこの感情……名前をつけるなら、きっと、〝愛おしい〟だ。

触れられるたびに身体から体温が奪われていたあの頃は、身体の疼きと心の秩序の均衡を保てず、苦しい思いをした。

でも今は、身体も心も限りなくひとつに近い。もっと心地よい熱に酔いしれたいと願ってしまう。

「エジェリー……」

キスの合間に漏れるシリウスの掠れた声が、艶めかしく響く。耳に直接吹き込まれる彼の声には、彼女を惑わす色香が潜んでいた。

「シリウス様……お慕いしています」

「嬉しいです。あなたが愛しすぎて、止まらない」

シリウスは再び強くエジェリーを抱き締める。吐息が彼女の耳にかかるくらいの距離で、小さく安堵の息を吐いた。

ぞくりとエジェリーの身体が小さく震えた。耳に吐息がかかっただけで、彼女の官能が刺激される。

――触れて欲しい。

本能的な欲求が湧き上がった。

強く求められることが嬉しくて、エジェリーも力を込めて彼の背中に腕を回す。

次の瞬間。麗しい女神さえも嫉妬するだろう笑みで彼女に笑いかけたシリウスは、エジェリーを横抱きに抱え上げた。

「きゃっ……！」

数歩歩いて下ろされた場所は、大人三人は楽々寝られる大きな寝台の上だ。

シーツからはほんのりと薔薇の香りが漂う。

華奢な肢体を組み敷くシリウスは、じっとエジェリーを見下ろした。彼女の一挙一動を見逃さないように注意深く観察し、詰めていた息を吐く。

「もう逃げないのですね」

「逃げてもいいのですか？」

薄らと上気したエジェリーの頬は、薄紅色に染まっている。

これから起こることがわからないほど、もう初心ではない。とっくにシリウスによって快楽を仕込まれているが、やはり恥ずかしさは消えなかった。

「ダメですよ、逃がしません。でも、本当に嫌ならあなたに触れるのは我慢します」

「我慢？」

「今さら信用ならないでしょうけれど。あなたに嫌われる真似は、もうしたくありません。

私の方が壊れてしまう」

そう自嘲気味に笑うシリウスの頬に、そっと触れた。ぴくりと震える姿を見て、エジェリーの心臓がドクンと高鳴る。身体の奥が与えられる熱を期待し、疼きが強まった。

「……私も、シリウス様の熱が欲しいの。あなたに触れられたい」

「エジェリー……、いいのですか？」

エジェリーが頷く。時間差でじわじわと頬が熱くなった。

吐息が触れ合うほど近くで見つめ合い、そのまま唇を貪られる。これから訪れる甘い予感に胸が焦がれた。

心臓が、バクバクとうるさい。鼓膜にまで響いてくる。

両手はシリウスの指に絡められて、シーツの上に縫い付けられていた。だがその片手を彼の左胸にまで持って行かれる。

服越しからでも感じる彼の鼓動は、とても速かった。

「シリウス様も、緊張しているのですか……？」

「ええ、とても。不思議ですね、初めて身体を重ねるわけではないのに」

エジェリーもシリウスの手を引き、彼女の心臓へと導いた。大胆な行動に、シリウスが微かに驚きを見せる。

「私の鼓動も、とっても速いわ。緊張しているし、ドキドキする……」

シリウスにそっと目尻に口づけられた。額、頬、瞼と、顔中に触れるだけのキスを落とされる。その甘やかな感触がくすぐったくも心地よくて、エジェリーはシリウスの熱に身を委ねた。

首筋を這う唇も、鎖骨に吸い付かれるチクリとした痛みも、官能を高めるスパイスになる。情欲を秘めた強い瞳に、蕩けた顔をした自分が映っていた。

恥ずかしい……でも、もっと乱れさせて欲しい。

ネグリジェを脱がされて、一糸纏わぬ姿になる。

初めてのときは、あんなにも怖くて逃げたかったのに。今はもう、そんな感情は消えていた。人の心が変わるのは、切ない反面、喜ばしい。それはよくも悪くも、成長の証だから。

合わさる唇が、甘くて熱い。そっと手で触れられる箇所から、身体の中に火が灯る。

「んッ……ぁ、んん」

数度目の触れ合うキスは、お互いの口内を深く味わうものに変わる。熱くて思考までもが蕩けそうで、室内に響く唾液音は淫靡だ。

シリウスの手が、そっとエジェリーの胸に触れた。既に硬く主張している頂を、彼はキュッとつまむ。

「ああん……ッ！」

びくんっ。ビリビリと電流が走り、背が弓なりになってしまった。

くすりと微笑んだシリウスは、エジェリーのこめかみに唇を寄せる。

「可愛い……。胸だけで軽く達してしまったのですか？　敏感な身体になりましたね」

「んぅ……、だ、れの所為だと……」

「ええ、私の所為ですね。あなたの身体をこんなふうに淫らにしたのは。他の男になんて、触れさせませんよ？」

胸を弄るシリウスの手が腰の括れをなぞり、臍の窪みに触れて、下へと移動する。滑るように素肌を触りながら、そっと秘裂を指で撫でられた。

湿り気を帯びたそこは、もう十分なほど潤っている。与えられる刺激に身体が期待している証拠だ。

切なげにひくひくと誘う襞に、シリウスが指を往復させる。

花芯に触れられた瞬間、先ほどよりも強く、身体に電流が走った。片方の太ももを持ち上げられ、そのまま大きく脚を開かされる。

ざらりと太ももの裏に舌を這わされ、ついばむキスを落とされた。

恥ずかしい場所が丸見えの状態で、皮膚の薄い太ももの内側まで舐められれば、嬌声を抑えることは難しい。

「やぁ、……舐めちゃ――、ンンッ……」

「嫌です。あなたの身体は、どこもかしこも甘いのですから」

チクリとした痛みを感じ、鮮やかな鬱血痕がついたことを察する。

触れられても心が冷えることはない。気持ちよすぎてどうにかなってしまいそうだ。

シリウスが優しく自分の身体に触れてくる。

思えば媚薬を使っていたときも、彼は乱暴にしたことはなかった。言葉で攻めて、エジェリーに屈辱を味わわせても、自分の欲望だけをぶつけ彼女を道具のように扱ったことはなかったのだ。そのことが今になってようやくわかる。

(この人は、本当に私のことを好きなんだわ……)

恐ろしいと感じていたシリウスの狂愛が、今は怖くない。シリウスの愛を素直に受け入れると、エジェリーの心も満たされた気分になった。

蜜壺につぷりと挿入された指を、胎内は歓迎した。

指がくにくにと内壁をこする。狭い膣道を広げるように動かされ、ぞわぞわとしたなにかが押し寄せてきた。

「アア、ン……」

艶めいた声が零れる。

もっと激しい刺激が欲しいと強請りたくなり、自然と腰が揺れた。そのことが恥ずかしいのに、快楽に慣らされた身体は貪欲に彼を求めてしまう。

シリウスはもどかしいほどゆっくりと彼女を愛撫する。じわじわとエジェリーの官能を高めるように。

彼は、エジェリーが物足りなさを感じていることに気づきながらも焦らしているのだろう。わかっていながらあえて気づかないふりをするなんて。

きっと彼は、もっと強く求めて欲しいと思っているに違いない。

「やぁ、もっと……」

「なんですか？　ちゃんと言ってください」

ずるりと指が引き抜かれてしまう。エジェリーの蜜に塗れた指を、シリウスは丁寧に、見せつけるように舌先で舐める。その淫靡な光景に、エジェリーの頬はさらに赤く染まった。

唾液と蜜で濡れた彼の手が太ももを滑り、エジェリーのふくらはぎを支えた。そして彼女のつま先にキスを落とし、親指を口に含む。舌と粘膜の感触が指先から伝わり、余計焦らされている気分になった。

目を開ければ、エジェリーの足の指を丹念に舐《ねぶ》りながら、こちらを見つめる美貌の男の姿がある。深い海色の眼差しには、抑えきれない欲望と色香が交ざっている。

ドキッとエジェリーの心臓が大きく高鳴った。

漂う空気も視線も、すべてが甘い毒のようだ。

「シリウス様……、キス、して」

キスを強請ったのは、もしかしたら初めてかもしれない。微かに目を瞠ったシリウスは、ふわりと笑みを深めた。

身体を倒し、エジェリーの頬に口づける。違う、そこじゃないと、エジェリーはシリウスの首に両腕を回し、自ら彼の唇を奪った。

熱く濡れた唇を味わう。いつになく積極的な彼女の姿に、シリウスが声なく微笑んだ気配が伝わった。

「んん……、はぁん」

ちゅくちゅくと響く水音が、官能を煽る。流し込まれた唾液をこくりと飲み込んだ。貪り合うほどお互いの口内を味わいつくし、息も途切れ途切れになった頃。再びエジェリーの蜜壺に、指が挿入された。

熱く蕩けきった秘所は、指ですくっても追いつかないほど愛液を零している。三本の指を難なく呑み込み、たまらず喘いだ声はシリウスの口内に吸い込まれた。

「ふぁッ……！」

指がひときわ感じる場所を掠め、全身が痙攣する。

びくんと身体が反応を示した箇所を、シリウスは執拗に嬲《なぶ》った。

とめどなく蜜が溢れ、彼の手をしとどに濡らす。

「感じているのですね……。可愛いらしい」

「あん、ああ……っ、シリ、ウスさま……もう、……」

潤んだ瞳で見上げたエジェリーに、シリウスは艶然とした微笑を向けた。

「ええ、私にもあなたを感じさせてください」

熱い杭が、はくはくと蠢く襞に吸い込まれていく。ようやく味わえる彼の屹立に、エジェリーの心がぞくりと震える。

ぞわぞわとした痺れと、迫りくる快楽の波。他の人間からでは、この充足感は得られない。

「ぁあ、アンッ――、あ、ああ……ッ」

「こんなにも絡みついて……。なんて淫らで愛らしい」

「っ……、やぁ、言わない、で……ンッ」

「恥ずかしがらなくていい、もっと乱れてください。さあ、私のところへ、堕ちて？」

悪魔の誘いのように、彼は甘い声で囁きかける。快楽を貪り、もっと求めろと、エジェリーの理性を崩壊させた。

考える必要はない、ただ感じていればいい。

灼熱の楔が容赦なくエジェリーの最奥を突き、抽挿を繰り返す。

与えられる快楽に、エジェリーはたまらず甘い嬌声を上げた。

「ぁあ――、んあっ……、はあぁ……んっ！」

ず、ずずんッ。

奥を穿たれ身体をよじる。口を開けば快感の喘ぎ声ばかりが漏れるが、羞恥を感じる余裕もない。膨れ上がる欲望が、思考力を奪う。

「ひゃッ、アア――」

絶えず喘ぎ声を上げるエジェリーに、シリウスが凄絶な笑みを見せた。

エジェリーの胸の赤い果実はいやらしくぷっくりと膨れ上がり、今すぐ食べてもらいたいとシリウスを誘っている。

シリウスがぺろりと先端を舐めると、その刺激にすら感じるように、エジェリーが甘い囀《さえず》りを響かせた。

「ダメ、……、やぁ……もう、だめ――……ッ」

「私をたくさん感じて、エジェリー」

シリウスに下腹を掌でさすられ、軽くぐっと押された。彼の雄を呑み込んだままそこを押されれば、形も質量もまざまざと感じさせられてしまう。

中を圧迫されて苦しいのに、その苦しささえも気持ちよさへと変換されて、わけもわからずエジェリーは首を振る。

だが、その直後。花芽をキュッと押しつぶされ、一気に快楽の階《きざはし》を駆けのぼった。

「あ、ぁあああ……ッ！」

頭が真っ白に染まる。視界が定まらず、点滅する――。

一瞬の浮遊感を覚えた後、エジェリーの身体はシーツに沈んだ。

腕を上げるのさえも億劫に感じる。

とろりと瞼が下りそうになったが、それは許されなかった。

「まだです。まだ寝てはいけませんよ？」

「ひゃあ……ッ」

ズンッ！

挿入されたままのシリウスの楔が、その存在をさらに主張する。達したばかりの彼女の身体は、再び呼び起こされた。

「ん、や……待って」

「待てません」

ふるりと揺れる白い乳房が、下からすくい上げられる。繊細な陶器を扱うように触れられた後、すぐにくにゅっと形が変わるほどの力で揉みしだかれた。

「は、はぁん……、ああ」

薄紅色に染まる肌には、じんわりと汗が浮かんでいる。その汗を堪能するように、シリウスはエジェリーの肌に舌を這わせた。

丹念に執拗に這わされる、ざらりとした肉厚の舌の感触は、再びエジェリーの熱を膨らませる。

「んぅ、ッ……！」

チクリとした痛みが走った。鮮やかに咲く赤い花は、所有の証。

それは少なからずシリウスの征服欲を満たしたようで、彼は満足げにその花を指でなぞる。

「私の花嫁……。あなたは私だけのものです」

確認するように呟くのは、こうして肌を重ねても不安が消えないからだろうか。

いつかエジェリーが消えてしまうかもしれない。どこかへ逃げてしまうかもしれない。そう思っているのだろうか。

シリウスは完璧な王子様なんかではない。本当は臆病で、寂しがり屋で、複雑で、厄介な人。

だがどうしようもなく焦がれてしまう。愛おしさが溢れて止まらないのだと、エジェリーは両腕を彼の背中に回した。

「……私は、もう……シリウスさまの、花嫁……」

(――どこにも行かない、離れない)

くしゃりと泣き笑いのように表情を崩したシリウスは、吐息だけで彼女の名を呼んだ。

ギュウっと華奢な身体を抱き締める。

「愛しています、エジェリー」

誓いの口づけのように唇が合わさった。互いを求める熱が急速に高まっていく。

身体を重ねたところから溶けてしまいそうだ。すべてがドロドロに溶け合い、混ざり合い、ひとつになれたらいい。

視界が再びチカチカと点滅する。襲いかかる大きな波に呑み込まれる予兆に、エジェリーはきつく彼を抱き締めた。

「シ、リウス、さま……もう――っ、んッ……」

「ええ、私も……、ッ……」

抽挿が止まった一拍後、最奥で欲望が爆ぜた。

白濁の飛沫が子宮口目指して注がれ、その熱さにエジェリーの身体がぶるりと震える。

「ああ、ぁああ――……、っ！」

のけ反らせた首に、シリウスが噛みついた。

急所を甘く噛まれる刺激も相まって、エジェリーは絶頂を味わった。急速に思考が白く塗りつぶされる。

「……いつまでも、傍にいてください、エジェリー」

優しく頬を撫でられた感覚を最後に、彼女は意識を手放した。

薔薇に込めた想いは、偽りのないシリウスの心だ。

赤色は、苦しいほど相手に恋い焦がれているという花言葉がある。

時折交ぜた白薔薇には、赤い薔薇での誓いを守る意味を込めていた。最後の日の十二本の薔薇にも白薔薇を交ぜて、結婚して欲しいと求婚の意を込めた。

薔薇は一本では一目惚れ、二本では大切な人を表し、三本で好意を伝える。四本で愛を告げ、五本目は相手の美しさを称え、六本目で出会えたことへの幸せを感謝する。

毎日何本贈るか悩みつつも、その時間さえもシリウスにとってはかけがえのないもので、贈ることを止められずにいた。

込められた意味に気づかなくてもいい。けれど、伝えずにはいられなかった。どれだけ自分がエジェリーを愛しているのかを。

途中から菫を入れたのは、菫ならばエジェリーにも花言葉が届きやすいからだ。

豊穣の女神、デメティアが愛した菫は、豊かな実りの他に、誠実と真実の愛を意味する花でもある。大輪の薔薇には見劣りするものの、優しく可憐な花は大勢の国民同様、エジェリーも好きな花だった。

◆
◇
◆

菫の花は押し花にしてくれたらしい。読書が好きな彼女が押し花の栞にして使ってくれたら嬉しいと、シリウスは微笑んだ。

「シロツメクサの花言葉は、私のものになって。……あなたはようやく、私のもとへ来てくれた」

完全に意識を失った最愛の女性に目を向ける。艶やかに乱れ、色香を振りまいていた姿からは想像できないほど、眠っているエジェリーはあどけない。

清らかな聖女の姿は、未だ鮮明に思い出せる。淫らな痴態を知っても、聖女と呼ばれていた彼女の姿が色あせることはないだろう。

彼女の胎内からずるりと己の分身を引き抜けば、とぷとぷと精が蜜壺から溢れてきた。指ですくい、栓をするように彼女の膣へ押し戻す。

熱い膣道は指一本も締め付けるように、無意識に吸い付き、絡む。貪欲に求められていることが嬉しくて、愉悦を感じ、自然と笑みが漏れた。

「もっと、たくさん呑み込んで。早くここに私の種を宿してくださいね」

そっとエジェリーの下腹に触れた。いつの日か、彼女が自分の子供を産んでくれる日を夢見て、ゆっくりと下腹を撫でる。

「愛しい私の花嫁……たとえあなたが神に遣わされた白鴉だとしても、神の国へは返しません」

もう二度と手放さない。
シリウスはひっそりと誓いの言葉を囁いた。

Ⅷ．菫色の宣言

薄紫色のドレスに、銀糸で刺繍が施された繊細なレースのベール。花嫁の清純さを表した美しい衣装は、感嘆の吐息が漏れるほどの出来栄えだった。

淡い金色の髪を結いあげたエジェリーは、頬と唇に紅をさし、普段よりもぐっと成熟した色香を纏う。その面差しには緊張感が漂っていたが、同時に薄らと浮かべる微笑が彼女の心情を物語っていた。

国王と王妃、エジェリーの両親、兄と姉夫婦が次々に彼女を褒め称える。参列客の他国の王族からも、美しい花嫁だと賛辞の言葉をかけられた。はにかんだ笑みを見せてお礼を告げる姿は、初々しい花嫁そのものだ。

アイゼンベルグの王族の婚姻は、結婚式の前に婚約式が執り行われる。

通常、それは結婚式の一年前に挙行され、ここで誓いの言葉を述べた二人は、例外なく一年後に正式に籍を入れる。そのため、エジェリーはこの婚約式を乗り越えれば、婚約者ではなく実質シリウスの花嫁となる。

進行通りに、婚約式は粛々《しゅくしゅく》と進められた。

隣を歩くシリウスの花婿姿は、いつも以上に神々しく美しい。

月明かりを閉じ込めた銀髪に、白を基調とした衣装がよく映えている。ところどころに縫い付けられた金色と薄紫色の刺繍も、華美すぎず品のいい仕上がりだ。

大聖堂の中をシリウスと共に歩きながら、エジェリーはベール越しに目を走らせた。予定通り、王族が座る親族席のすぐ後ろに、レオンの姿が見える。

ようやく迎えられた二人の婚約式に、彼が参列できてよかったと安堵する。レオンがいなければ、この日を落ち着いて迎えられたかわからない。

大勢の参列者の前で、二人は型どおりの誓いの言葉を述べる。そして数ヶ月も前から用意していた、お互いの瞳の色の石を耳環にしてはめた。

「愛しています、エジェリー。私の命が尽きても、あなたへの愛は永遠に変わらない」

疑う余地もないほどの熱い想いをシリウスにぶつけられ、エジェリーは返事の代わりに心からの微笑をシリウスだけに送った。

季節は秋。温室で育てられた薔薇を手に、二人は祝福を浴びる。

本番は一年後のため、この日の参列者は自国の王侯貴族や官吏に、親交のある他国の王族のみ。国民へのお披露目《ひろめ》は、予定されていない。

一人息子のシリウスがようやく婚約したと、国王のみならず国の大臣たちまでもが安堵した。十も歳が離れた若い婚約者は、元聖女なだけに女神の加護が増すだろうとも囁かれていた。女神デメティアの末裔である王族に聖女が嫁げば、加護は二倍でこの国の未来は安泰だ。

婚約祝いの舞踏会は、深夜近くまで続いた。主役の二人は早々に抜け出すが、それを咎める無粋な者は誰もいない。

エジェリーは一年かけてじっくりと本格的な王妃教育を受けるが、仮の夫婦とはいえ今宵は新婚初夜だ。

侍女の助けを借りて湯浴みした後、エジェリーは用意されていた純白のネグリジェに袖を通す。

離宮ではなく、王城内に与えられたシリウスとの部屋でしばらく待てば、同じく湯浴みを終えたシリウスが現れた。

「疲れましたか?」

近づいた彼にそっと頬を撫でられ、まだ湿り気が残る髪を指で梳かれた。その掌や指の感触が、心地いい眠気を誘う。

「ええ、とても緊張しましたし、疲れました。シリウス様は?」

ベッドに腰かけていた身体を引っ張り上げられ、彼の胸へと抱き寄せられる。

ふわりと漂う石鹸《せっけん》の香りが、鼻腔をくすぐった。

彼が纏う匂いも、甘い声も、熱も、すべてがエジェリーを優しく包み込む。

身体から、余計な力が抜け落ちる。トクトクと伝わる心音を聞きながら、シリウスの返事を待った。

「私は、早くあなたを抱き締めたくて、仕方がありませんでしたよ。正直、あなたが美しすぎて、誰にも見せたくなかったです」

「そんなの無理ですよ？　お祝いに来てくださっているのに」

くすりと自然な笑みが零れた。ギュッと抱き締めてくるシリウスが、子供のように自分に甘えているみたいで、可愛く思えてくる。

細身に見えて、ほどよく筋肉がついた彼の背中に腕を回した。

「エジェリー」と呼ぶ声は、胸を焦がすほど甘くて切ない響きを秘めている。

そっと背中を上下に撫でる。緊張していたシリウスの背中の筋肉が、僅かにほぐれた。

力いっぱい抱き締められて、少々息苦しい。

少し緩めて欲しくて、エジェリーは背中を軽く叩いた。

腕の拘束を緩めた彼は、彼女の腰に腕を回したまま花嫁となった愛する女性を見下ろす。

「私はあなたさえ傍にいれば、なにもいりません。エジェリーだけが、私の唯一の宝物なのです」

理知的な目は、思慮深い青色。海を閉じ込めた色だ。吸い込まれそうな引力に抗い、彼女はじっと彼を見つめ返した。

「シリウス様。私だけが大事だなんて、そんな悲しいこと言わないでください」

口許は微笑んでいるのに、彼の瞳は切なげに揺れている。感情をうまく隠す人だと思っていたが、本当は違う。彼の内面はとてもわかりやすい。

いつも感情を乱さない穏やかな気性ではあったが、内側に秘めているのはとても激しい情愛。望めばなんでも手に入るのに、シリウスはエジェリーだけが欲しいと言う。

しかしそれでは困るのだ。国の頂点に立つ者は、多くを望み、多くを分け与えられる人でなくては。

「ひとつずつでいい。大事なものを増やしていきましょう？　たくさん増えても、その中の一番に私を選んでもらえたら、それで幸せだわ」

そっとシリウスの頬を両手で包む。

揺れる瞳をじっと見つめ、エジェリーはふわりと微笑みかける。

「エジェリーが、そう望むなら」

「いいえ、あなたも望んでもらわないと。手を伸ばせば手に入るなら、たくさん摑めばいいのです。シリウス様はきっと、国民にとっても、いい王様になるわ」

この人は、恐らくとても寂しがり屋だ。苦しみを誰かと共有し、分かち合うことができなかった、不幸な男。だが過去を乗り越えた今は、エジェリーに見せた歪みも狂気も消えて、誠実に愛してくれる。

シリウスはエジェリーの手をキュッと握り、指を絡め、その指先に口づけを落とした。大聖堂での誓いのキスよりも、指先のキスはとても厳かで神聖なものに感じられた。

「あなたに認められる王になれるよう、努力します。民や臣下にも見捨てられないように」

「では、私もシリウス様を支えられるように、がんばりますね」

花がほころぶようなエジェリーの笑顔が、シリウスの心を満たしていく。

「――この命が尽きるまで。共に生きて、笑いましょう」

エジェリーは頷く代わりに、そっと瞼を閉じた。

◆◇◆

アイゼンベルグ王国よりもさらに古い歴史を誇るカゼル公国は、謎に包まれている。魔術師にしか伝わっていない文献によると、かつては風が流れる公国、と呼ばれていたらしい。

狡猾《こうかつ》で傲慢だった黒鴉は、歴史を繰り返すたびに過ちから学び、長い年月をかけて変わっていった。奪うだけだった黒鴉から白鴉を保護する者が現れ、のちに白鴉の稀有《けう》な力を崇めるようになっていく。

神はその変化を見て、風が流れる公国に別の種の鳥を創った。知恵と色を奪われた黒鴉の更生を称え、地上に色をもたらしたのだ。黒鴉をさらに成長させるために。

黄金の稲穂《いなほ》色に似た鳥、木々の色をした茶色の鳥、鮮やかな暁《あかつき》色の鳥。

やがて国は栄《さか》え色とりどりの自然で溢れる頃、黒鴉の数は減少したが、それでも数世代に一度の頻度で、白鴉が神に遣わされ地上に生を受ける。

時代が流れれば鴉の末裔たちも数を増やし、国名が変わった今もなおひっそりと、白い鴉はこの世に降り立っているのだという。

それはカゼル公国に限ったことではないのを、神以外に知る者はいない。

あとがき

はじめまして、月城《つきしろ》うさぎと申します。

『王太子は聖女に狂う』いかがでしたでしょうか？

この物語は、Ｗｅｂに掲載中の作品を大幅に改稿したものになります。今回ご縁があってソーニャ文庫様で書籍化していただきました。サイトのものとはストーリーが異なりますので、二度おいしく楽しめると思います。

本編を読了前にあとがきを読まれる方も多いと思いますが（私も含め）、以下ネタバレも含みますのでご注意ください。

今回ソーニャ文庫様でも恐らく初の転生物かと思います。私もシリアスな転生物を書くのは初めてで、予想外に難産でした。主人公はあくまでも今世に生きる二人なので、前世の二人に食われてはいけない。何度「うう～ん、わからん！」となったことか……。

何度も書き直してようやく納得のいく仕上がりになり、ほっとしております。

この話を書き始めたとき、登場人物の名前を星座で統一させようと思いました。ユピテル大陸なんてJupiterの読み方を変えただけで、安直なネーミングです。

一番初めに名前が決まったのはイオでした。シリウスはなんかキラキラで眩しそうというイメージからで、レオンはレオを正統派のイケメンっぽい響きに。エジェリーはラストネームがベルガスで、ベガからとっています。

逆に最後まで決まらなかったのがユウリです。結局彼の名前は木星の衛星の名前をいくつかくっつけてもじってみたのですが、中性的で柔らかい響きになってイメージ通りかと思います。

Ｗｅｂの作品の方では名前がなかったエジェリーの兄姉にも名前がつけられたり、登場人物が増えたり減ったりしていますが、主人公以外で一番変わったのはレオンでしょうか。正統派な爽やかイケメンは当て馬にすらならず、いいお兄さんで終わりました。

書き進めていくうちに、シリウスが案外まともでただの不憫な王子様だったり、エジェリーは意外と頑固だったりと、最終的に作者が当初思い描いていた方向とはずれたところに着地しましたが、これが一番自然で幸せな形だと思います。

個人的に不憫なキャラが好きです。シリウスは実の両親にも男が好きなのではないかと疑いをかけられていたという不憫さで、きっと女性と噂になるようなこともないままエジェリーと出会うまで二十六年間生きてきたのだろうなと。

エジェリーに出会うまで、恋愛感情や性欲にも無関心だったのかもしれません。

まだキャラの名前だけを考えていたとき、シリウスはひたすらダークヒーローの道を突っ走る予定でした。一人称は「僕」で、敬語口調もなし。

「君が守る世界は、僕が壊してあげる」とかうっとりしながら聖女に囁いて、邪魔な奴らをバッサリ排除するような、イッちゃってる感じの。

それはそれでとても好みなので、もっと美形（重要）ダークヒーローが活躍する作品が増えればいいなと思います。貫き通す悪は潔い。どなたかください。（↑他力本願）

さて、美しいイラストを描いてくださったのは緒花《おはな》様です。白と紫がベースの、気品があって可愛らしく、シリウスの執着が見える素敵な表紙は毎日眺めていても飽きません。黒と白の羽や、シロツメクサと菫なども入れてくださってうれしいです。

担当編集者のY様、大変お世話になりました。的確な指摘に何度「あっ」と気づかされたことか。前世についても深く考えてくださって感謝です。作者の私はそこまで考えていなかったという……。たくさんのアドバイスもありがとうございました。

先輩作家のT様。しょっぱなからワードで手こずる私に、ご多忙のところ丁寧に教えてくださりありがとうございました。いつも時折入る冷静なツッコミが好きです。

また営業様、書店様、デザイナー様、校正様、この本に携わってくださった関係者の皆様、そして読者の皆様。ありがとうございました。楽しんでいただけましたら幸いです。

最後に、物語の解釈の仕方はいろいろあるかと思いますが、読んでくださった方の心の片隅になにかが残ればうれしいです。

それではまたお会いできる日を願っております。

月城うさぎ

Sonya
ソーニャ文庫

この本を読んでのご意見・ご感想をお待ちしております。

◆ あて先 ◆

〒101-0051
東京都千代田区神田神保町2-4-7 久月神田ビル
㈱イースト・プレス　ソーニャ文庫編集部
月城うさぎ先生／緒花先生

王太子《おうたいし》は聖女《せいじょ》に狂《くる》う

2017年4月5日　第1刷発行

著　　　者　月城《つきしろ》うさぎ
イラスト　緒花《おはな》
装　　　丁　imagejack.inc
D　T　P　松井和彌
編集・発行人　安本千恵子
発　行　所　株式会社イースト・プレス
〒101-0051
東京都千代田区神田神保町2-4-7 久月神田ビル
TEL 03-5213-4700　FAX 03-5213-4701
印　刷　所　中央精版印刷株式会社

ISBN 978-4-7816-9598-3
定価はカバーに表示してあります。